G000094649

SYLVIE

GÉRARD DE NERVAL

Sylvie

PRÉSENTATION ET NOTES PAR MARIE-FRANCE AZÉMA

LE LIVRE DE POCHE
Libretti

© Librairie Générale Française, 1999, pour la Présentation et les notes.

ISBN : 978-2-253-14620-9 - 1re publication - LGF

Gérard de Nerval.
Photographié par Nadar en 1854-1855.

PRÉSENTATION

Nerval publie *Sylvie* en 1853 dans la *Revue des Deux Mondes*. Il considérait ce texte — qui sera intégré aux *Filles du feu* en 1854 — comme « la meilleure de ses nouvelles ».

Le thème en est simple : le narrateur — un jeune homme qui vit à Paris un amour chimérique pour une actrice — décide de revoir le Valois de son enfance. En chemin, il se remémore certains moments forts de son passé et comprend que les femmes qui le charment sont liées à des souvenirs qui le hantent. En quelques heures, il revit des scènes analogues à celles d'autrefois. Ce va-et-vient subtil entre souvenir et réalité le conduit à comparer avec nostalgie « les chimères qui vous charment et vous égarent au matin de la vie » aux « douces réalités » à côté desquelles il est passé et qu'incarne le personnage de Sylvie.

Après Théophile Gautier, voyant dans *Sylvie*, un roman naïf, une idylle champêtre, Maurice Barrès célébrait ce texte « traditionnel » « bien français », à la beauté « modérée avec de claires architectures, sous un ciel aimable ». Mais Marcel Proust[1] protestait avec vigueur : « Si un écrivain aux antipodes des claires et faciles aquarelles a cherché à se définir laborieusement à lui-même, à éclairer des nuances troubles, des lois profondes, des impressions presqu'insaisissables de l'âme humaine, c'est Gérard de Nerval dans *Sylvie*. » La postérité a confirmé ce juge-

---

1. Dans un texte lumineux écrit vers 1908 et publié dans le recueil posthume *Contre Sainte-Beuve* (Gallimard, 1954, coll. Folio, p. 157).

ment, et ce court récit d'un épisode sentimental mélancolique, au charme empreint de poésie, et d'accès si facile,
n'a cessé d'être commenté, analysé, disséqué, comme
pour en percer le mystère.

La première tentation est de faire du héros un double
de l'auteur. Nerval a pu paraître pousser lecteurs et cri-
tiques sur la piste biographique : « Je suis du nombre des
écrivains dont la vie tient intimement aux ouvrages qui
les ont fait connaître » (*Promenades et Souvenirs*). Le
sous-titre : « Souvenirs du Valois » rappelle que ce pays
est celui de la petite enfance de Nerval. Par ailleurs, il
aurait songé à donner à l'ensemble de textes devenu *Les
Filles du feu*[1] le titre : « Les Amours passées » ou « Les
Amours perdues » (mais aussi « Mélusine »). On pourrait
donc croire qu'il s'agit du thème romantique du retour
en des lieux rendus chers par des figures aimées. Rien
d'étonnant, par conséquent, à ce que des travaux érudits
aient méthodiquement comparé la quête du narrateur de
Sylvie à ce que l'on peut reconstituer de la vie de l'auteur,
établissant à propos des lieux, objets, voire impressions
fugitives, des correspondances précises. Il semble alors
clair que le Valois de *Sylvie* renvoie à celui qu'a pu
connaître l'enfant Gérard Labrunie, qui, d'autre part, à
l'âge adulte, n'a cessé de poursuivre un idéal féminin qui
lui échappait, fantôme dans lequel les commentateurs
déchiffrent la figure de la mère perdue. Dans cette
démarche, on se pose toutes sortes de questions pour véri-
fier la réalité historique des détails utilisés dans le récit :
de quel oncle s'agit-il ? l'auteur a-t-il vu ce clocher ?
l'abbaye était-elle détruite à cette époque ? Au fil des édi-

---

1. Pour la place de *Sylvie* dans l'ensemble des *Filles du feu*, comme
pour l'histoire des textes, on pourra consulter l'édition du Livre de
Poche classique (n° 9632), comportant *Les Filles du feu*, *Petits Châteaux de Bohême*, *Promenades et Souvenirs*, introduction, notes et dossier par Michel Brix, qui en fait l'étude approfondie et apporte bien
des indications et des analyses qui dépassent le cadre de la présente
édition de *Sylvie* dont l'ambition est d'être immédiatement accessible
au lecteur qui découvre Nerval.

tions, au lecteur anxieux de savoir ce que viennent faire des archers dans un texte du XIXᵉ siècle, on peut affirmer que le tir à l'arc était resté un jeu traditionnel dans le Valois, quitte à se demander s'il y avait bien à telle époque une compagnie d'archers à tel ou tel endroit !

Après tant de mises au point, il arrive même qu'il faille détruire certaines légendes : au petit jeu des références à la vie de l'auteur, on ne peut plus, par exemple, comme naguère, dès qu'apparaît le mot « actrice » dans une phrase, sortir la carte « Jenny Colon, amour déçu ». Non seulement les meilleurs biographes rappellent que celle-ci était cantatrice, et non pas actrice comme l'Aurélie de la nouvelle, mais ils ajoutent surtout qu'on sait fort peu de choses sur la réalité de ses relations avec Nerval.

Aujourd'hui, on s'appuie plus précisément sur les correspondances entre le texte et le reste de l'œuvre de Nerval. Ainsi, on préférera scruter le fait que la dédicace de tel sonnet des *Chimères* attribue à Jenny au lieu de « Colon », le nom « Colonna », dont il est aussi fait mention dans la nouvelle (voir p. 81 « les amours du peintre Colonna »), plutôt que s'interroger sur l'hypothèse d'une liaison avec la jeune femme. Et on s'intéresse plutôt aux décalages entre récit et réalité vécue. Par exemple, au lieu d'affirmer que le « Montagny » du récit « est » ce village de Mortefontaine dans lequel Nerval a vécu sa petite enfance, on insiste sur le fait troublant que le nom de Mortefontaine ne figure jamais dans le texte, autrement que par la mention de cette « eau morte » qui risque d'engloutir le narrateur au chapitre III et au bord de laquelle il se retrouve à la dernière page.

L'expérience vécue, celle de l'auteur Nerval, a pris les dimensions que lui donne l'écriture. Proust disait-il autre chose ? Or une des particularités de *Sylvie* réside dans la construction très subtile du récit. Les analyses minutieuses qui en ont été faites soulignent l'entrelacement des temps se renvoyant les uns aux autres. Après une soirée théâtrale, lisant dans un journal l'annonce d'une fête dans le Valois, le narrateur se souvient d'un cortège villageois de jadis, puis d'une scène de ronde enfantine dans laquelle chantait une jeune aristocrate, Adrienne (chapitres I et II). Il quitte Paris au chapitre III et, en voiture, évoque successivement une fête inspirée de l'Antiquité dont une autre jeune fille, Sylvie, était la reine (chapitre V), puis, une errance dans la forêt, durant la nuit, et enfin, le lendemain, une visite à la tante de Sylvie au cours de laquelle les deux enfants, dans la chambre, avaient joué une scène de mariage. Le chapitre VII replace dans le temps cette remémoration : il est quatre heures du matin et, dans la diligence, le narrateur continue de se souvenir : de la fête locale de la Saint-Barthélemy et d'une visite à l'abbaye de Chaâlis où, avec Sylvie, il avait entendu Adrienne chanter à nouveau. Ce n'est qu'au chapitre VIII qu'il arrive enfin dans le Valois, à Loisy. Comme jadis, au petit matin de cette même Saint-Barthélemy, il raccompagne Sylvie chez elle. Et tandis qu'elle dort, comme jadis encore, il se promène et, à Montagny, revoit la maison de son oncle, maintenant abandonnée. Ses pas le portent à Ermenonville. Dans ce lieu tout imprégné du souvenir de Rousseau, il évoque les souvenirs d'autres promenades faites en compagnie de Sylvie. Mais il ne retrouve celle-ci qu'au chapitre X, pour constater que sa chambre est devenue bien moderne ! Avec elle, il revoit Chaâlis et traverse encore la forêt. Une nouvelle fois de retour à Loisy, un repas, pris avec le père Dodu qui a connu Rousseau, le décide, assez brusquement, à regagner Paris. Et de même que le départ n'intervenait qu'au troisième chapitre, le retour est suivi du chapitre XIII, qui voit le héros, à une époque ultérieure, suivre Aurélie, l'actrice évoquée au tout début du récit, en tournée dans le Valois. Puis un nouveau chapitre, intitulé « Dernier feuillet », évoque le destin de chacun des personnages, se situant dans un temps nouveau, qui n'est plus celui de la soirée théâtrale, ni celui des souvenirs, mais semble être un présent, celui de l'âge mûr.

Si l'écriture, très fluide, unit dans un flot continu des moments aussi divers, les rappels, les oppositions, les correspondances incitent à parcourir le texte dans bien d'autres sens que celui du temps. Certes, l'époque, le

XIXe siècle, est là, et l'auteur a su en rendre compte en termes très précis : il est facile de souligner qu'en face de la demoiselle du château, Sylvie, « la petite paysanne » habite la maison du garde-chasse, devient dentellière et finit gantière, ce qui est conforme à l'évolution économique et sociale de la région en cette première moitié du siècle.

Mais une telle analyse — juste au demeurant — ne saurait rendre compte de la façon très subtile dont le récit nous enveloppe dans les replis superposés d'époques qui se renvoient les unes aux autres au lieu de se succéder. On a noté qu'il y avait en fait dans le texte trois retours dans le Valois, et non pas un retour renvoyant à un vécu antérieur, exactement comme il y a trois figures féminines qui se font écho, et non deux qui s'opposeraient. Et de même que chaque souvenir renvoie à une autre évocation dont on ne sait si elle a été vécue, rêvée ou remémorée, chaque scène, chaque image en rappelle d'autres. Et l'on se rend compte que tout prend sens hors du temps, dans un réseau de références venues de traditions diverses, aussi bien ésotériques ou philosophiques qu'artistiques ou littéraires, ou encore populaires et légendaires.

Car il ne faut pas perdre de vue que *Sylvie* a pris place dans le recueil des *Filles du feu*, lequel comporte aussi les douze mystérieux sonnets des *Chimères*. Il semble que Nerval ait emprunté ce terme de « Filles du feu » à Michelet qui avait surnommé ainsi les gardiennes d'un feu sacré de la mythologie celte, et on ne peut manquer de le trouver surprenant pour désigner une sage dentellière. Mais on doit rappeler que Nerval a travaillé à *Sylvie* en même temps qu'à *Aurélia*, sa dernière œuvre, celle qui retrace sa « descente aux enfers » dans une suite de visions oniriques. Certains supposent même que les deux textes, à un moment de leur élaboration, ont pu n'en faire qu'un seul. On retrouve en demi-teinte dans *Sylvie* les images, les thèmes, les obsessions angoissantes qui s'imposent sur le mode flamboyant dans *Aurélia*.

Dans le contexte d'une philosophie romantique qui fait toute sa place à l'irrationnel, au rêve, au mythe, qui, donc, fait des êtres et des événements bien autre chose que les informations que l'on peut donner à leur propos, rien d'étonnant à ce que, dans *Sylvie* comme dans *Aurélia*, les souvenirs bouleversent et égarent. « Il y a de quoi devenir fou ! », s'exclame le narrateur à la pensée qu'une figure aimée en évoque une autre.

Mais pris dans toutes leurs dimensions, les souvenirs peuvent aussi sauver. Dès les premières pages du récit, le souvenir de la fête villageoise renvoie le héros à une « fête druidique survivant aux monarchies et aux religions nouvelles » et l'image devient tout de suite rassurante, comme si la reconstitution des origines était une victoire sur le temps, sur l'angoisse, sur la mort. Car — et l'on retrouve là encore un des aspects du romantisme qui affirme avec force l'unité mystique du monde — les êtres comme les choses ou les lieux ne prennent leur sens que dans un ensemble. Les notes qui accompagnent cette édition veulent donner une idée (modeste car l'érudition considérable de Nerval alimente un art infini de multiplier les reflets et les allusions) de la spirale vertigineuse des références à travers lesquelles le narrateur vit ce qui lui arrive et tâche d'en restaurer le sens.

Il y a d'abord le fonds légendaire du Valois. Et en plaçant *Sylvie* dans *Les Filles du feu*, Nerval a situé la nouvelle entre *Angélique*, récit qui exploite de façon précise ce fonds, et *Chansons et Légendes du Valois* qui, dans le recueil, la suit sans rupture. Le pays que le narrateur parcourt, déjà évoqué dans *Promenades et Souvenirs*, est marqué à ses yeux par un passé séculaire : le prénom « Sylvie » ne renvoie pas seulement au nom latin de la forêt (*sylva*), aux anémones et aux fauvettes qu'on appelle encore des « sylvies », ou encore à *La Maison de Sylvie*, poème baroque écrit à Chantilly par Théophile de Viau [1], mais aussi aux « Sylvanectes », membres d'une tribu celte venue de l'Est, donc, pour les romantiques, de l'Orient. Cette population gauloise, soumise par les

---

1. Pour la référence à ce texte à propos du prénom « Sylvie », voir dans l'édition des *Filles du feu* déjà citée, *Angélique* p. 196.

Romains, a dû à son tour accepter les Francs, venus du Nord, puis baptisés, représentés par la blonde Adrienne, qui se fait religieuse. Car le Valois n'échappe pas au drame cosmique incessamment renouvelé : les civilisations, leurs religions, leurs philosophies se détruisent les unes les autres. Mais les « dieux souterrains » vaincus, si présents dans *Les Chimères* (voir « Antéros » : « Ils reviendront ces dieux que tu pleures toujours... »), survivent, cachés, prêts à nous aider de leurs sagesses anciennes. Pour le héros, Sylvie, la paysanne, garde donc quelque chose du paganisme antique, et en tout cas son « sourire athénien », marque de grâce et d'équilibre, alors que, sur la pelouse du château, Adrienne représente la féodalité chrétienne. Ces luttes et ces permanences se manifestent à tous les niveaux : Adrienne descend de la famille des Valois, dynastie remplacée par celle des Bourbons au début du XVIIᵉ siècle ; Sylvie, elle, que plusieurs indications situent du côté des Lumières, lit Rousseau, qui a contribué à ébranler la monarchie et donc à renverser les Bourbons. Habitant la maison du garde-chasse, elle est rattachée aux Condé, ces princes qui autour de Chantilly avaient fait de la chasse l'exutoire de leur tempérament guerrier devenu sans emploi.. En devenant gantière à la place de dentellière, cette « fée des légendes » devient « la fée industrieuse » du monde moderne.

La complexité de cet imaginaire fondé sur une conception cyclique de l'histoire et qui mêle intimement une expérience personnelle aux représentations les plus variées, toutes placées sous le signe du changement, se retrouve dans la multiplicité des références aux Médicis. Adrienne, liée aux Valois, garde dans son sillage quelque chose du charme maléfique et prestigieux de la célèbre famille florentine, puisque le dernier roi de cette dynastie, Henri III, est fils de la « grande reine » Catherine de Médicis dont les paysans du Valois semblent garder le souvenir vivace, malgré (ou peut-être à cause de) la Saint-Barthélemy, qui reste leur fête sans cesser d'évoquer le massacre. A travers l'abbaye de Chaâlis, rénovée par eux à la Renaissance, ils apparaissent comme les restaurateurs de ce paganisme qu'incarne par ailleurs Sylvie. Mais la fête à l'antique qui voit le triomphe de Sylvie, évoquant le tableau de Watteau, *L'Embarquement pour Cythère,* rappelle aussi à Nerval que c'est pour Laurent de Médicis que fut écrit à la fin du XVᵉ siècle, ce *Songe de Poliphile,* qui évoque le rêve d'un pèlerinage à Cythère, pèlerinage qu'il a lui-même accompli, puis raconté dans son *Voyage en Orient.* Ce texte, qui n'est présent dans Sylvie que par allusion (voir p. 57) représente tout le courant de l'école néoplatonicienne de Florence qui intéressait tant Nerval[1].

Car de nombreux ouvrages contribuent à nourrir ce réseau d'associations à travers lequel le héros vit son histoire. *La Nouvelle Héloïse* de Rousseau, bien sûr, qui aide Sylvie à comprendre ce qui se passe entre elle et celui qui fut son amoureux ; le *Werther* de Goethe qui leur sert à plaisanter enfin sur leurs relations. Mais aussi des récits anciens, dépositaires de sagesses ou d'interrogations antiques : *L'Âne d'or* d'Apulée, *La Divine Comédie,* explicitement cités, et plus encore, peut-être, d'autres ouvrages qui ne le sont pas : *l'Énéide* et la descente d'Énée aux Enfers, et ce *Songe de Poliphile,* qui renvoie lui-même à l'époque alexandrine, aux premiers siècles de la chrétienté, mais aussi à Platon, etc. C'est grâce à eux que le narrateur vit les relations complexes qui le lient aux trois personnages féminins dans une quête initiatrice. Retrouvant en elles des figures venues des grands mythes, en particulier antiques (l'Aphrodite du *Banquet* de Platon, la déesse égyptienne Isis, devenue dans l'Empire romain la « grande mère », objet d'un culte initiatique, voire la Vierge Marie), il marche sur les traces d'un idéal néoplatonicien (voir p. 28, note 3 et 57, note 3), à la recherche d'un amour céleste qui seul marquerait la réconciliation des mondes. Le miracle de l'écriture nervalienne est que ce fonds culturel littéralement vertigineux leste de tragique, sans jamais l'alourdir, le récit de l'expérience — qui pourrait être banale — d'un homme se souvenant qu'il se souvenait.

---

1. Voir Introduction de l'édition des *Illuminés* déjà citée, p. 47.

Sylvie n'est pas que l'histoire de l'hésitation entre deux femmes (qui d'ailleurs sont trois), hésitation devenue en quelques heures le regret de les avoir également perdues. C'est la quête pathétique d'un homme qui espère en l'unité du monde, en celle des figures qui peuvent nous guider, et qui en cherche désespérément la preuve en interprétant tout ce qui fait signe autour de lui. Si le récit de Nerval témoigne de quelque chose, ce n'est pas de la persistance du tir à l'arc dans le pays de son enfance, ni même du déchirement vécu entre les figures féminines de « sainte », de « fée » ou d'actrice. C'est plutôt de la difficulté à donner du sens à sa vie quand le morcellement, la discontinuité, le décalage se manifestent dans ce qui nous relie le plus à nous-mêmes : nos souvenirs.

REPÈRES BIOGRAPHIQUES

1808. — Naissance à Paris de Gérard Labrunie.

1810. — Mort en Allemagne de sa mère, qui avait suivi son mari, médecin militaire aux armées. Nerval dira ne l'avoir jamais vue.

1814. — Son père le reprend auprès de lui. L'enfant, mis en nourrice, avait vécu dans le Valois, dans la famille de sa mère, mais aussi à Saint-Germain-en-Laye (voir p. 32) dans celle de son père et à Paris. Il est sans doute revenu en vacances à Mortefontaine chez son grand-oncle. Il fait ses études au collège Charlemagne.

1826. — Avant même de passer son baccalauréat (1829), alors qu'il a déjà publié quelques vers, il se fait connaître par la traduction de *La Damnation de Faust* de Goethe.

1830. — Recueil de poésies allemandes. Lié aux cercles romantiques, il participe à la bataille d'*Hernani*.

1832. — Publication de *La Main de gloire* devenue ensuite *La Main enchantée* (Le Livre de Poche nº 13640, coll. Les Classiques d'aujourd'hui). À cette époque fréquente les milieux romantiques du « Petit cénacle ».

1834. — Avec quelques amis, il emménage dans le quartier encore très médiéval de l'Impasse du Doyenné (aujourd'hui détruite). Il y connaît l'atmosphère joyeuse et studieuse qui lui inspire une série d'articles, *La Bohême galante* (parue en 1852). Travaillant considérablement (surtout sur les périodes passées), il vit essentiellement de publications dans les journaux (la plupart de ses œuvres paraîtront d'abord en feuilletons).

1835. — Il utilise durant deux ans le petit héritage de ses grands-parents pour soutenir un journal ambitieux : *Le Monde dramatique*. Les biographes renoncent à dire qu'il s'agissait de mettre en valeur la cantatrice Jenny Colon, car on sait assez peu de choses sur leurs relations (même si

des lettres d'amour ont longtemps été publiées sous le titre
« Lettres à Jenny Colon »).

1836. — Premier voyage : en Belgique. Commence à
signer du nom de Gérard de Nerval. Ce pseudonyme, tiré
du nom d'un « Clos Nerval », petit bien de famille près de
Mortefontaine, est pour lui un ancien « Noirval », évoquant
son patronyme paternel (Labrunie), mais aussi l'anagramme
de Lauren(t), qui, grâce au latin « *aurum* » (or), évoque la
blondeur. Il peut même le rattacher au nom de l'empereur
romain Nerva ou encore à celui de l'entrée des Enfers
mythologiques, l'Averne. Jusqu'alors il signait, entre autres,
« Gérard ».

1838. — Composition (avec Alexandre Dumas) d'un
opéra-comique *Piquillo* (dans lequel Jenny Colon chante le
premier rôle : Sylvia).

1839. — Échec de sa pièce *Leo Burckart*. Voyage à Vienne
où il fréquente la pianiste Marie Pleyel.

1841. — Une première crise le fait soigner par le docteur
Blanche, qui pratique une thérapie libérale, assurant aux
malades une vie familiale, mais qui, contrairement à une
légende tenace, ne l'a guère encouragé à écrire. C'est dans
cette période qu'il compose certains sonnets des futures *Chimères* (dont un est dédié à « J.Y Colonna » (voir Présentation, p. 11).

1843. — Long périple qui le mène, sur les traces des religions anciennes, en Égypte, à Constantinople et à Naples ;
il en tirera des comptes rendus qui paraissent à partir de
1846 dans *La Revue des Deux Mondes*.

1846. — Il est sans doute co-auteur du livret de *La Damnation de Faust*, de Berlioz.

1851. — *Voyage en Orient* : reprise en volume de divers
récits de son voyage, dont un pèlerinage à l'île de Cythère,
tout imprégné du souvenir du *Songe de Poliphile*, un texte
de 1493. Un travail historico-romanesque, *L'Histoire de
l'abbé de Bucquoy* devient pour une partie un chapitre des
Illuminés, pour une autre *Angélique*. Il fait durant ces années
plusieurs voyages dans le Valois.

1852. — Échec d'une pièce de théâtre, *L'Imagier de Har-
lem,* vaste fresque historique autour du thème de la naissance
de l'imprimerie. Publication des *Illuminés,* de *Contes et
facéties.* Nouvelle hospitalisation à Passy, chez le docteur
Émile Blanche (fils d'Esprit Blanche). Une autre s'ensuivra
en 1853. C'est pourtant durant ces dernières années qu'il

complète et recompose progressivement une grande partie
de son œuvre.

1853. — Publication de *Sylvie* dans *La Revue des Deux
Mondes*. Il a travaillé en même temps à *Aurélia,* récit de
l'expérience psychique qu'il a traversée, et à *Petits Châteaux
de Bohême (Prose et poésie).*

1854. — Dernier voyage en Allemagne. Toutes sortes de
travaux en vue de la publication de ses œuvres complètes.
Début de la publication des *Filles du feu.* Il regroupe, pour
constituer cet ensemble, d'une part une série de sept nouvelles (dont *Sylvie*), d'autre part une sorte de document
Chansons et Légendes du Valois, (une adaptation des
Vieilles Ballades françaises publiées en 1842), enfin les sonnets des *Chimères* (composés soit lors de sa première hospitalisation, soit durant les graves crises de l'automne 1853),
le tout précédé d'une préface (adressée à Alexandre Dumas)
dans laquelle il reprend un texte ancien (*Le Roman tragique*)
sous le titre *L'Illustre Brisacier.* Publication d'une partie de
Pandora, du début d'*Aurélia*, de *Promenades et Souvenirs*
qui évoquent le Valois (mais aussi Montmartre, Saint-Germain-en-Laye, etc.).

1855. — On le trouve pendu rue de la Vieille Lanterne,
près du Châtelet. Le suicide est vraisemblable. Il avait dans
la journée adressé à l'une de ses tantes un mot se terminant
par : « Ne m'attends pas ce soir car la nuit sera blanche et
noire. » Ses amis, la Société des gens de lettres, diverses
célébrités s'occupent de lui faire donner une sépulture perpé-
tuelle au Père-Lachaise, ce qui sera fait en 1867.

ORIENTATION BIBLIOGRAPHIQUE

Biographie : Claude Pichois et Michel Brix, *Gérard de Nerval*, Paris, Fayard, 1995.

Œuvres complètes : édition dirigée par Jean Guillaume et Claude Pichois, Paris, Gallimard/Bibliothèque de la Pléiade (trois tomes parus respectivement en 1984, 1989 et 1993).

Un texte pionnier de Marcel Proust : « Gérard de Nerval », écrit en 1905 et publié dans *Contre Sainte-Beuve*, Gallimard, coll. Folio essais nº 60. Cette analyse pénétrante est aussi une réflexion sur la démarche créatrice et fait le lien avec *A la recherche du temps perdu*.

Des études classiques :

Georges Poulet in *Trois essais de mythologie romantique*, Corti 1971 : « Sylvie ou la pensée de Nerval » (article écrit en 1938. Cette fine analyse du mécanisme du temps souligne la dimension romantique et tragique de l'œuvre).

Jean Richer, *Nerval, expérience et création*, Hachette, Paris, 1963. Le premier à mettre en valeur la place des doctrines ésotériques. Dégage une structure ternaire de l'œuvre interprétée à la lumière de ces représentations symboliques.

On pourra, pour actualiser l'étude des doctrines sous-jacentes au texte, compléter par la lecture de Jurgis Baltusaïts : *La Quête d'Isis*, (Paris, Flammarion, coll. Champs nº 628) qui donne toute sa dimension historique à l'utilisation par Nerval d'un mythe fondateur, très présent dans la tradition culturelle française.

Uri Eisenzweig, *L'espace imaginaire d'un récit : « Sylvie » de Gérard de Nerval*, La Baconnière, Neuchâtel, 1976. Une lecture structurale très complexe qui, restant de façon très méthodique à l'intérieur du texte, dégage le mécanisme des structures spatiales et temporelles, les procédés de permutation et de gradation entre des éléments similaires, les relations des éléments naturels et culturels. Le tout aboutit à une lecture stimulante, qui met en relief toutes sortes de rapports intéressants.

Actes du Colloque : Gérard de Nerval « Les Filles du feu, Aurélia ». Textes réunis par José-Luis Diaz, Sedes 1997.

Signalons, pour finir, un dossier pédagogique remarquable : *Sylvie*, Éditions modernes média, coll. Étude d'une œuvre dans le texte intégral, 1990. Les travaux de groupe prévus et minutieusement organisés sont de haut niveau. L'ensemble du dossier offre l'avantage de mettre sous les yeux de très nombreux extraits des textes peu connus, qui ont été les sources de Nerval, et présente les grandes orientations de la critique.

« Je sortais d'un théâtre... »
Vue du boulevard Saint-Martin à Paris.
A droite, le théâtre des Variétés.

SYLVIE
Souvenirs du Valois

I

NUIT PERDUE

Je sortais d'un théâtre où tous les soirs je paraissais aux avant-scènes en grande tenue de soupirant. Quelquefois tout était plein, quelquefois tout était vide. Peu m'importait d'arrêter mes regards sur un parterre peuplé seulement d'une trentaine d'amateurs forcés, sur des loges garnies de bonnets [1] ou de toilettes surannées, — ou bien de faire partie d'une salle animée et frémissante couronnée à tous ses étages de toilettes fleuries, de bijoux étincelants et de visages radieux. Indifférent au spectacle de la salle, celui du théâtre ne m'arrêtait guère, — excepté lorsqu'à la seconde ou à la troisième scène d'un maussade chef-d'œuvre d'alors, une apparition bien connue illuminait l'espace vide, rendant la vie d'un souffle et d'un mot à ces vaines figures qui m'entouraient.

Je me sentais vivre en elle, et elle vivait pour moi seul. Son sourire me remplissait d'une béatitude infinie ; la vibration de sa voix si douce et cependant fortement timbrée me faisait tressaillir de joie et d'amour. Elle avait pour moi toutes les perfections, elle répondait à tous mes enthousiasmes, à tous mes caprices, — belle comme le jour aux feux de la rampe qui l'éclairait d'en bas, pâle comme la nuit, quand la rampe baissée la laissait éclairée d'en haut sous les rayons du lustre et la montrait plus naturelle, brillant dans l'ombre de sa seule beauté, comme les Heures

---

1. Coiffure des femmes du peuple.

divines qui se découpent, avec une étoile[1] au front, sur
les fonds bruns des fresques d'Herculanum[2] !

Depuis un an, je n'avais pas encore songé à m'informer
de ce qu'elle pouvait être d'ailleurs ; je craignais de trou-
bler le miroir[3] magique qui me renvoyait son image, — et
tout au plus avais-je prêté l'oreille à quelques propos
concernant non plus l'actrice, mais la femme. Je m'en
informais aussi peu que des bruits qui ont pu courir sur
la princesse d'Élide[4] ou sur la reine de Trébizonde, — un
de mes oncles[5] qui avait vécu dans les avant-dernières
années du XVIIIe siècle, comme il fallait y vivre pour le
bien connaître, m'ayant prévenu de bonne heure que les
actrices n'étaient pas des femmes, et que la nature avait
oublié de leur faire un cœur. Il parlait de celles de ce
temps-là sans doute ; mais il m'avait raconté tant d'histoires de ses illusions, de ses déceptions, et montré tant
de portraits sur ivoire, médaillons charmants qu'il utilisait

---

1. Première occurrence d'un thème, qui ponctue *Sylvie*, mais aussi
toute l'œuvre de Nerval : « l'Étoile » est la figure de l'idéal qui lui est
assigné par le destin et qu'il cherche inlassablement.   **2.** Ville
antique ensevelie, comme Pompéi, sous les cendres du Vésuve en 79
ap. J.-C. et dont Nerval a pu visiter les maisons décorées de fresques
(mais on ne sait auxquelles il fait allusion ici). Les Heures, qui étaient
à l'origine, dans la mythologie grecque, les saisons, filles de Zeus et
de la déesse Thémis, au nombre de trois, souvent représentées comme
des femmes se succédant, placent d'emblée la nouvelle sous le signe
du temps.   **3.** Première apparition du thème du double ; dans l'ensemble du chapitre, nombre de termes suggèrent que ce qui est vécu
n'est qu'image, apparence et, comme cela devient par la suite, « songe ». Sur la figure de l'actrice inaccessible, se référer aux analyses de
Michel Brix dans l'introduction aux *Filles du feu*, p. 34 et suivantes.
(Voir Le Livre de Poche n° 9632).   **4.** Région de la Grèce dont la
capitale était Olympie ; mais *La Princesse d'Élide* est une comédie-
ballet de Molière (musique de Lulli), jouée aux fêtes de Versailles en
1664. Trébizonde : ville de Turquie, capitale d'un empire grec au
Moyen Âge. *La Princesse de Trébizonde* est le titre d'une pièce du
XIXe siècle. Ces deux villes, symboles du lointain Orient (dans le roman
médiéval par exemple) désignent donc un ailleurs, un monde imaginaire.   **5.** Si la figure de l'oncle complétant librement l'éducation
d'un jeune héros est un lieu commun romanesque, elle revient avec
insistance dans l'œuvre de Nerval (voir la préface des *Illuminés* et la
note de Michel Brix p. 230 et *Aurélia*) et peut renvoyer à des personnages tutélaires de son enfance. Voir plus loin dans le texte p. 36,
note 2.

depuis à parer des tabatières, tant de billets jaunis, tant de faveurs [1] fanées, en m'en faisant l'histoire et le compte définitif, que je m'étais habitué à penser mal de toutes sans tenir compte de l'ordre des temps.

Nous vivions alors dans une époque étrange [2], comme celles qui d'ordinaire succèdent aux révolutions ou aux abaissements des grands règnes. Ce n'était plus la galanterie héroïque comme sous la Fronde [3], le vice élégant et paré comme sous la Régence [4], le scepticisme et les folles orgies du Directoire [5] ; c'était un mélange d'activité, d'hésitation et de paresse, d'utopies brillantes, d'aspirations philosophiques ou religieuses, d'enthousiasmes vagues, mêlés de certains instincts de renaissance ; d'ennuis des discordes passées, d'espoirs incertains [6], — quelque chose comme l'époque de Pérégrinus [7] et d'Apulée. L'homme

---

1. Rubans. **2.** Pour Nerval l'époque est placée sous la double influence du XVIIIe siècle, fertile en excentriques (voir la préface des *Illuminés*, Le Livre de Poche n° 9631) et des aspirations de la Révolution : « Enfant d'un siècle sceptique plutôt qu'incrédule, flottant entre les deux éducations contraires, celle de la Révolution, qui niait tout, et celle de la réaction sociale, qui prétend ramener l'ensemble des croyances chrétiennes, me verrai-je entraîné à tout croire, comme nos pères les philosophes l'avaient été à tout nier ? » (« Isis », *Les Filles du feu*, p. 333) **3.** Série de révoltes contre le pouvoir royal dirigées par l'aristocratie (1648 et 1653). Cette première moitié du XVIIe siècle, baroque et précieuse, exaltée par les romantiques, Nerval comme Gautier ou Dumas, est à la fois le moment glorieux de folles équipées (voir la participation à la Fronde de la Grande Mademoiselle, cousine germaine du jeune Louis XIV) et celui du raffinement des mœurs, du langage, contrastant avec « l'honnêteté » classique. **4.** Philippe d'Orléans, Régent de 1715 à 1723, passe pour avoir mis à la mode un libertinage raffiné contrastant avec l'austérité de la fin du règne de Louis XIV. **5.** Entre 1795 et 1799, les élégant(e)s (appelés « Incroyables », « Muscadins », « Merveilleuses ») réagirent, après les affres de la Terreur, dans des fêtes débridées. **6.** On retrouve le « vague des passions » décrit par Chateaubriand, le « *spleen* » et le désenchantement caractérisant la génération romantique subtilement influencée par le scepticisme du XVIIIe siècle (qu'évoquent les opinions de l'oncle). **7.** Un récit de Lucien, *De la mort de Peregrinus*, tourne en dérision le suicide de ce philosophe grec (IIe siècle ap. J.-C.), cynique converti au christianisme puis retourné au paganisme au moment où certains cherchaient à concilier les deux systèmes, dans un syncrétisme qui intéresse Nerval (voir notes suivantes). Il a utilisé ce nom comme pseudonyme (le mot « peregri-

matériel aspirait au bouquet de roses qui devait le régéné-
rer par les mains de la belle Isis [1] ; la déesse éternellement
jeune et pure nous apparaissait dans les nuits, et nous
faisait honte de nos heures de jour perdues. L'ambition
n'était cependant pas de notre âge, et l'avide curée [2] qui
se faisait alors des positions et des honneurs nous éloi-
gnait des sphères d'activité possibles. Il ne nous restait
pour asile que cette tour d'ivoire des poètes, où nous
montions toujours plus haut pour nous isoler de la foule.
À ces points élevés où nous guidaient nos maîtres, nous
respirions enfin l'air pur des solitudes, nous buvions l'ou-
bli dans la coupe d'or des légendes, nous étions ivres de
poésie et d'amour. Amour, hélas ! des formes vagues, des
teintes roses et bleues, des fantômes métaphysiques ! Vue
de près, la femme réelle révoltait notre ingénuité ; il fallait qu'elle apparût reine ou déesse, et surtout n'en pas
approcher [3].

Quelques-uns d'entre nous néanmoins prisaient peu ces
paradoxes platoniques, et à travers nos rêves renouvelés
d'Alexandrie agitaient parfois la torche des dieux souter-

---

nus », l'étranger, celui qui est de passage, qui a donné « pèlerin », suggère l'errance, la quête).
   1. La déesse égyptienne devint dans l'Empire romain l'objet d'un
culte mystique visant à mener au salut. C'est une figure importante de
l'imaginaire nervalien : « Je reportai ma pensée à l'éternelle Isis, la
mère et l'épouse sacrée ; toutes mes aspirations, toutes mes prières se
confondaient dans ce nom magique, je me sentais revivre en elle et
parfois elle m'apparaissait sous la figure de la Vénus antique, parfois
aussi sous les traits de la Vierge des Chrétiens » (*Aurélia* II, 6, p. 469).
2. Le terme peut évoquer le climat des débuts de la Monarchie de
Juillet, après la Révolution de 1830, définie dans *Aurélia* comme « des
années de découragement politique et social ».   **3.** *René* de Chateaubriand a déjà décrit cet amour « platonique », (voir au paragraphe suivant) pour une « Sylphide » imaginaire ; « l'homme matériel » à la
recherche d'un idéal est le thème platonicien de l'amour des beautés
terrestres entraînant l'âme jusqu'au ciel des idées (voir p. 40, note 4).
Plus encore que l'aspect « néoplatonicien » de l'école philosophique
d'Alexandrie (fin du IIe siècle ap. J.-C.), ce qui justifie la comparaison
avec cette « époque étrange », c'est que cette école cherchait à retrouver les vérités philosophiques des figures mythologiques au moment
où la bataille entre christianisme et paganisme était encore indécise.
Les « dieux souterrains » peuvent être les dieux condamnés à se cacher
par le christianisme qui finit par triompher.

rains, qui éclaire l'ombre un instant de ses traînées d'étincelles. — C'est ainsi que, sortant du théâtre avec l'amère tristesse que laisse un songe évanoui, j'allais volontiers me joindre à la société d'un cercle[1] où l'on soupait en grand nombre, et où toute mélancolie cédait devant la verve intarissable de quelques esprits éclatants, vifs, orageux, sublimes parfois, — tels qu'il s'en est trouvé toujours dans les époques de rénovation ou de décadence, et dont les discussions se haussaient à ce point, que les plus timides d'entre nous allaient voir parfois aux fenêtres si les Huns, les Turcomans ou les Cosaques[2] n'arrivaient pas enfin pour couper court à ces arguments de rhéteurs[3] et de sophistes.

« Buvons, aimons, c'est la sagesse ! » Telle était la seule opinion des plus jeunes. Un de ceux-là me dit : « Voici bien longtemps que je te rencontre dans le même théâtre, et chaque fois que j'y vais. Pour *laquelle* y viens-tu ? »

Pour laquelle ?... Il ne me semblait pas que l'on pût aller là pour une *autre*. Cependant j'avouai un nom. — « Eh bien ! dit mon ami avec indulgence, tu vois là-bas l'homme heureux qui vient de la reconduire, et qui, fidèle aux lois de notre cercle, n'ira la retrouver peut-être qu'après la nuit. »

Sans trop d'émotion, je tournai les yeux vers le personnage indiqué. C'était un jeune homme correctement vêtu, d'une figure pâle et nerveuse, ayant des manières convenables et des yeux empreints de mélancolie et de douceur. Il jetait de l'or sur une table de whist[4] et le perdait avec indifférence. — « Que m'importe, dis-je, lui ou tout autre ? Il fallait qu'il y en eût un, et celui-là me paraît

---

1. Lieu convivial dont l'entrée est réservée à des membres cooptés. **2.** Comme les Huns et les Turcomans (ou Turkmènes), peuples guerriers de l'Asie centrale, trois figures d'envahisseurs menaçant le vieux monde. **3.** Experts en art de parler, comme les sophistes dans l'art de raisonner ; les deux termes sont utilisés de façon péjorative. **4.** Jeu de cartes, ancêtre du bridge, pratiqué dans les milieux aisés.

digne d'avoir été choisi. — Et toi ? — Moi ? C'est une image que je poursuis, rien de plus. »

En sortant, je passai par la salle de lecture, et machinalement je regardai un journal. C'était, je crois, pour y voir le cours de la Bourse. Dans les débris de mon opulence se trouvait une somme assez forte en titres étrangers. Le bruit avait couru que, négligés longtemps, ils allaient être reconnus ; — ce qui venait d'avoir lieu à la suite d'un changement de ministère. Les fonds se trouvaient déjà cotés très haut ; je redevenais riche.

Une seule pensée résulta de ce changement de situation, celle que la femme aimée si longtemps était à moi si je voulais. — Je touchais du doigt mon idéal. N'était-ce pas une illusion encore, une faute d'impression railleuse ? Mais les autres feuilles parlaient de même. — La somme gagnée se dressa devant moi comme la statue d'or de Moloch[1]. « Que dirait maintenant, pensais-je, le jeune homme de tout à l'heure, si j'allais prendre sa place près de la femme qu'il a laissée seule ?... » Je frémis de cette pensée, et mon orgueil se révolta.

Non ! ce n'est pas ainsi, ce n'est pas à mon âge que l'on tue l'amour avec de l'or : je ne serai pas un corrupteur. D'ailleurs ceci est une idée d'un autre temps. Qui me dit aussi que cette femme soit vénale ? — Mon regard parcourait vaguement le journal que je tenais encore, et j'y lus ces deux lignes : « *Fête du Bouquet[2] provincial.* — Demain, les archers de Senlis doivent rendre le bouquet à ceux de Loisy. » Ces mots, fort simples, réveillèrent en

---

1. Divinité orientale opposée au Dieu de la Bible. Son nom évoque la cruauté de la dévotion à l'argent (mais sa statue était en bronze, il y a donc une confusion probable avec l'expression « veau d'or »).
2. Le terme désigne à la fois la compétition, la fête et le trophée offert aux vainqueurs (comme notre « coupe »). La pratique du tir à l'arc, restée très populaire jusqu'au XXe siècle dans le Valois, selon Nerval « rappelle d'abord l'époque où ces rudes tribus des Sylvanectes formaient une branche redoutable des races celtiques » (« Angélique », *Les Filles du feu*, p. 185 et note 1).

moi toute une nouvelle série d'impressions[1] : c'était un souvenir de la province depuis longtemps oubliée, un écho lointain des fêtes naïves de la jeunesse. — Le cor et le tambour résonnaient au loin dans les hameaux et dans les bois ; les jeunes filles tressaient des guirlandes et assortissaient, en chantant, des bouquets ornés de rubans. — Un lourd chariot, traîné par des bœufs, recevait ces présents sur son passage, et nous, enfants de ces contrées, nous formions le cortège avec nos arcs et nos flèches, nous décorant du titre de chevaliers, — sans savoir alors que nous ne faisions que répéter d'âge en âge une fête druidique survivant aux monarchies et aux religions nouvelles[2].

II

ADRIENNE

Je regagnai mon lit et je ne pus y trouver le repos. Plongé dans une demi-somnolence, toute ma jeunesse repassait en mes souvenirs. Cet état, où l'esprit résiste encore aux bizarres combinaisons du songe[3], permet sou-

---

1. Proust a vu dans ces lignes une des premières notations d'un phénomène de mémoire sur lequel il a lui-même fondé son œuvre.
2. Nerval, en exaltant comme Chateaubriand (dans *Atala*) ou l'historien Augustin Thierry, la figure des druides, ou prêtres gaulois, rejoint la volonté romantique de renouveler l'imaginaire en puisant dans le passé national. Mais il est surtout hanté par ce qui atteste la survie des cultes anciens supplantés par le christianisme et qui contribue à restaurer l'unité du sens de la vie. Tout le paragraphe fait coïncider l'existence individuelle et l'histoire collective : en retrouvant ce passé, le jeune Parisien effectue déjà une renaissance (voir Présentation, p. 14)
3. Il ne s'agit pas seulement de la conception romantique du rêve comme moyen d'accès aux réalités mystérieuses de l'existence (voir *Aurélia*, II,3, p. 453 : « Avec cette idée que je m'étais faite du rêve comme ouvrant à l'homme une communication avec le monde des esprits ») ; car le héros, comme souvent chez Nerval, ne dort pas vraiment et on est plus près de la vision que du rêve.

vent de voir se presser en quelques minutes les tableaux les plus saillants d'une longue période de la vie.

Je me représentais un château du temps de Henri IV[1] avec ses toits pointus couverts d'ardoises et sa face rougeâtre aux encoignures dentelées de pierres jaunies, une grande place verte encadrée d'ormes et de tilleuls, dont le soleil couchant perçait le feuillage de ses traits enflammés. Des jeunes filles dansaient en rond sur la pelouse en chantant de vieux airs transmis par leurs mères, et d'un français si naturellement pur, que l'on se sentait bien exister dans ce vieux pays du Valois, où, pendant plus de mille ans, a battu le cœur de la France.

J'étais le seul garçon dans cette ronde, où j'avais amené ma compagne toute jeune encore, Sylvie, une petite fille du hameau voisin, si vive et si fraîche, avec ses yeux noirs, son profil régulier et sa peau légèrement hâlée !... Je n'aimais qu'elle, je ne voyais qu'elle — jusque-là ! À peine avais-je remarqué, dans la ronde où nous dansions, une blonde, grande et belle, qu'on appelait Adrienne. Tout d'un coup, suivant les règles de la danse, Adrienne se trouva placée seule avec moi au milieu du cercle. Nos tailles étaient pareilles. On nous dit de nous embrasser, et la danse et le chœur tournaient plus vivement que jamais. En lui donnant ce baiser, je ne pus m'empêcher de lui presser la main. Les longs anneaux roulés de ses cheveux d'or effleuraient mes joues. De ce moment, un trouble inconnu s'empara de moi. — La belle devait chanter pour avoir le droit de rentrer dans la danse. On s'assit autour d'elle, et aussitôt, d'une voix fraîche et pénétrante, légèrement voilée, comme celles des filles de ce pays brumeux, elle chanta une de ces anciennes roman-

---

1. Pour les biographes de Nerval, ce décor (comme celui du poème *Fantaisie,* situé « sous Louis XIII ») est celui du château de Saint-Germain-en-Laye qu'il a connu dans son enfance. Comme Gautier, Nerval s'est intéressé particulièrement intéressé à l'époque baroque, celle des Grotesques, des Libertins ; voir *La Main enchantée* (Le Livre de Poche, Les Classiques d'aujourd'hui, n° 13640).

ces [1] pleines de mélancolie et d'amour, qui racontent toujours les malheurs d'une princesse enfermée dans sa tour par la volonté d'un père qui la punit d'avoir aimé. La mélodie se terminait à chaque stance par ces trilles chevrotants que font valoir si bien les voix jeunes, quand elles imitent par un frisson modulé la voix tremblante des aïeules.

À mesure qu'elle chantait, l'ombre descendait des grands arbres, et le clair de lune naissant tombait sur elle seule, isolée de notre cercle attentif. — Elle se tut, et personne n'osa rompre le silence. La pelouse était couverte de faibles vapeurs condensées, qui déroulaient leurs blancs flocons sur les pointes des herbes. Nous pensions être en paradis [2]. — Je me levai enfin, courant au parterre du château, où se trouvaient des lauriers [3], plantés dans de grands vases de faïence peints en camaïeu. Je rapportai deux branches, qui furent tressées en couronne et nouées d'un ruban. Je posai sur la tête d'Adrienne cet ornement, dont les feuilles lustrées éclataient sur ses cheveux blonds aux rayons pâles de la lune. Elle ressemblait à la Béatrice de Dante qui sourit au poète errant sur la lisière des saintes demeures.

Adrienne se leva. Développant sa taille élancée, elle nous fit un salut gracieux, et rentra en courant dans le

---

1. Voir le sonnet des *Chimères*, « Delfica » : « La connais-tu, Dafné, cette ancienne romance,/Cette chanson d'amour qui toujours recommence.. ? » Dans *Angélique*, Nerval cite *in extenso* la *Chanson du roi Louys* (« Ma fille, il faut changer d'amour/ Ou vous entrerez dans la tour/ — J'aime mieux rester dans la tour/ Mon père ! que de changer d'amour... » qui, selon lui, atteste la permanence des caractères des pères et des filles de la région, et, plus généralement, la permanence du monde ancien (*Les Filles du feu, op. cit.*, p. 171 et suivantes). **2.** C'est la phrase que prononce un des trois petits enfants ressuscités par saint Nicolas dans une chanson populaire que Nerval cite dans *Chansons et légendes du Valois*. On songe à son affirmation sur : « la poésie des lieux et des hasards qui font que tel ou tel de ces chants populaires se grave ineffaçablement dans l'esprit ». **3.** Le laurier, arbre d'Apollon, symbolise outre la gloire (voir plus bas) la poésie. Toujours vert, il est aussi symbole d'immortalité et a donc une valeur mystique. Toutes ces valeurs se retrouvent dans la référence à Dante, le poète italien de *La Divine Comédie,* guidé à l'entrée du paradis par l'amour de sa jeunesse, Béatrice.

château. — C'était, nous dit-on, la petite-fille de l'un des descendants d'une famille alliée aux anciens rois de France ; le sang des Valois[1] coulait dans ses veines. Pour ce jour de fête, on lui avait permis de se mêler à nos jeux ; nous ne devions plus la revoir, car le lendemain elle repartit pour un couvent où elle était pensionnaire.

Quand je revins près de Sylvie, je m'aperçus qu'elle pleurait. La couronne donnée par mes mains à la belle chanteuse était le sujet de ses larmes. Je lui offris d'en aller cueillir une autre, mais elle dit qu'elle n'y tenait nullement, ne la méritant pas. Je voulus en vain me défendre, elle ne me dit plus un seul mot pendant que je la reconduisais chez ses parents.

Rappelé moi-même à Paris pour y reprendre mes études, j'emportai cette double image d'une amitié tendre tristement rompue, — puis d'un amour impossible et vague, source de pensées douloureuses que la philosophie de collège était impuissante à calmer.

La figure d'Adrienne resta seule triomphante, — mirage de la gloire et de la beauté, adoucissant ou partageant les heures des sévères études. Aux vacances de l'année suivante, j'appris que cette belle à peine entrevue était consacrée par sa famille à la vie religieuse.

---

1. Dynastie qui règne en France jusqu'à l'avènement des Bourbons avec Henri IV (qui a d'abord pour femme Marguerite de Valois). Le Valois est au XIXe siècle le domaine du dernier prince des Bourbons, descendant des Condé (autre branche princière évincée), qui vit à Chantilly avec une aventurière d'origine anglaise, Sophie Dawes, qui se prétend sa fille naturelle, donc de sang royal. On a souvent fait de cette dame, devenue baronne Adrien Feuchères, maîtresse du domaine de Mortefontaine, l'origine du personnage aristocratique opposé à Sylvie, la villageoise. Pour les variantes de cette opposition entre la brune Sylvie et la blonde Adrienne, voir Présentation, p. 15.

III

RÉSOLUTION

Tout m'était expliqué par ce souvenir à demi rêvé. Cet amour vague et sans espoir, conçu pour une femme de théâtre, qui tous les soirs me prenait à l'heure du spectacle, pour ne me quitter qu'à l'heure du sommeil, avait son germe dans le souvenir d'Adrienne, fleur de la nuit éclose à la pâle clarté de la lune, fantôme rose et blond glissant sur l'herbe verte à demi baignée de blanches vapeurs. — La ressemblance d'une figure oubliée depuis des années se dessinait désormais avec une netteté singulière ; c'était un crayon estompé par le temps qui se faisait peinture, comme ces vieux croquis de maîtres admirés dans un musée, dont on retrouve ailleurs l'original éblouissant.

Aimer une religieuse sous la forme d'une actrice !... et si c'était la même ! — Il y a de quoi devenir fou[1] ! c'est un entraînement fatal où l'inconnu vous attire comme le feu follet fuyant sur les joncs d'une eau morte[2]... Reprenons pied sur le réel.

Et Sylvie que j'aimais tant, pourquoi l'ai-je oubliée depuis trois ans[3] ?... C'était une bien jolie fille, et la plus belle de Loisy !

Elle existe, elle, bonne et pure de cœur sans doute. Je revois sa fenêtre où le pampre s'enlace au rosier[4], la cage

---

1. La violence de l'exclamation rappelle quel rôle angoissant joue dans l'ensemble de l'œuvre comme dans la vie de Nerval la question de l'identité, objet de la quête du narrateur dans *Aurélia*. 2. L'alexandrin est souligné d'une allitération évocatrice. On a noté que toute la géographie de *Sylvie* s'ordonne autour du village de « Mortefontaine », lieu de l'enfance vécue de Gérard et dont le nom ne figure nulle part autrement que par cette « eau morte » angoissante et mystérieuse (voir aussi p. 85, note 6). 3. Exemple de la complexité des rapports au temps dans le récit : on passe ici au présent, alors que le plus-que-parfait, au début du chapitre, situait le souvenir lui-même dans le passé. 4. Image qui revient régulièrement dans l'œuvre de Nerval. (Voir dans le sonnet des *Chimères* « El Desdichado » : « Et la treille où le pampre à la rose s'allie... », peut-être comme une image

de fauvettes[1] suspendue à gauche ; j'entends le bruit de
ses fuseaux sonores et sa chanson favorite :

> *La belle était assise*
> *Près du ruisseau coulant...*

Elle m'attend encore... Qui l'aurait épousée ? elle est
si pauvre !

Dans son village et dans ceux qui l'entourent, de bons
paysans en blouse, aux mains rudes, à la face amaigrie,
au teint hâlé ! Elle m'aimait seul, moi le petit Parisien,
quand j'allais voir près de Loisy mon pauvre oncle[2], mort
aujourd'hui. Depuis trois ans, je dissipe en seigneur le
bien modeste qu'il m'a laissé et qui pouvait suffire à ma
vie. Avec Sylvie, je l'aurais conservé. Le hasard m'en
rend une partie. Il est temps encore.

À cette heure, que fait-elle ? Elle dort... Non, elle ne
dort pas ; c'est aujourd'hui la fête de l'arc, la seule de
l'année où l'on danse toute la nuit[3]. — Elle est à la
fête...

Quelle heure est-il ?

Je n'avais pas de montre.

---

heureuse du couple, puisque à côté de la rose, symbole féminin classique, le pampre, jeune branche de la vigne, a quelque chose de mascu-
lin (mais la rose, représentant traditionnel de la femme, est aussi un
symbole ésotérique de connaissance.)
  1. Cette espèce, d'ailleurs peu apte à vivre en cage, porte localement
le nom de « sylvie » (voir Présentation, p. 14).   **2.** On rattache le
plus souvent ce personnage au souvenir du grand-oncle de Nerval,
Antoine Boucher, qui avait vécu à Mortefontaine, (mais voir p. 26,
note 5). L'adjectif « pauvre » s'emploie traditionnellement lorsqu'on
parle d'un défunt.   **3.** Voir *Angélique* (p. 184) : « La fête principale,
dans certaines localités, est la Saint-Barthélemy. C'est pour ce jour que
sont fondés surtout de grands prix pour le tir à l'arc. » Cette date obsé-
dante (qui revient dans tout le récit) est liée par Nerval au souvenir du
massacre des protestants déclenché sur ordre de Catherine de Médicis
en 1597. Ce thème participe donc de celui plus vaste des luttes rempla-
çant un monde par un autre (les Condé, du côté des protestants, luttant
contre la Ligue). Pour Nerval la « grande reine » Catherine de Médicis
reste une figure positive, alors qu'Henri IV, le premier des Bourbons
lui est « au fond peu sympathique » (*Angélique*).

Au milieu de toutes les splendeurs de bric-à-brac [1] qu'il était d'usage de réunir à cette époque pour restaurer dans sa couleur locale [2] un appartement d'autrefois, brillait d'un éclat rafraîchi une de ces pendules d'écaille de la Renaissance, dont le dôme doré surmonté de la figure du Temps est supporté par des cariatides [3] du style Médicis, reposant à leur tour sur des chevaux à demi cabrés. La Diane historique, accoudée sur son cerf, est en bas-relief sous le cadran, où s'étalent sur un fond niellé [4] les chiffres émaillés des heures. Le mouvement, excellent sans doute, n'avait pas été remonté depuis deux siècles. — Ce n'était pas pour savoir l'heure que j'avais acheté cette pendule en Touraine [5].

Je descendis chez le concierge. Son coucou marquait 1 heure du matin. — En quatre heures, me dis-je, je puis arriver au bal de Loisy. Il y avait encore sur la place du Palais-Royal cinq ou six fiacres stationnant pour les habitués des cercles et des maisons de jeu : « À Loisy ! dis-je au plus apparent. — Où cela est-il ? — Près de Senlis, à huit lieues. — Je vais vous conduire à la poste [6] », dit le cocher, moins préoccupé que moi.

Quelle triste route, la nuit, que cette route de Flandres [7], qui ne devient belle qu'en atteignant la zone des forêts !

---

1. Dans *Aurélia* (p.470), les objets hétéroclites qui meublent la chambre du narrateur sont « un capharnaüm comme celui du docteur Faust ».   **2.** Un des points du programme romantique, s'opposant à l'idéal classique d'universalité.   **3.** Figures féminines qui servent de support à un élément architectural ou décoratif.   **4.** Dans lequel des fils incrustés contrastent avec le fond.   **5.** Cette pendule correspond à celle que possédait Nerval. Son décor évoque toutes sortes de thèmes : Diane est pour les Grecs « Artémis », titre du sonnet qui dans le manuscrit des *Chimères* était intitulé « Ballet des heures » ; la déesse de la chasse est associée à la nuit, à la lune, donc au temps, mais aussi à la forêt, gloire de cette région du Valois, liée au prénom « Sylvie » (en latin, *sylva* : la forêt). La Diane « historique » renvoie à Diane de Poitiers, maîtresse de Henri II, dont Catherine de Médicis était la femme légitime.   **6.** Au relais de la poste, qui prenait dans ses voitures un ou deux voyageurs.   **7.** Même si l'itinéraire, dans sa précision, renvoie à la réalité géographique (voir carte, p. 38) le climat de ce voyage en fait un passage difficile et mélancolique entre deux mondes.

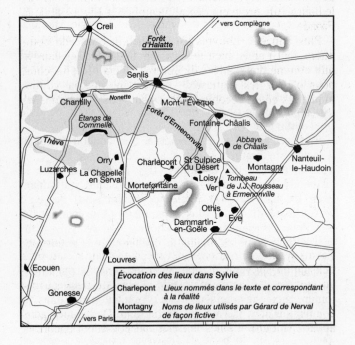

Creil

vers Compiègne

Forêt
d'Halatte

Senlis

Chantilly *Nonette*

Mont-l'Évêque

Forêt d'Ermenonville

Étangs de
Commelle

Fontaine-Châalis

Thève

Abbaye
de Châalis

Luzarches

Orry

Charlepont

St Sulpice
du Désert

Montagny

Nanteuil-
le-Haudoin

La Chapelle
en Serval

Loisy

Ver

Mortefontaine

Tombeau
de J.J. Rousseau
à Ermenonville

Othis

Ève

Dammartin-
en-Goële

Louvres

Ecouen

Gonesse

vers Paris

Évocation des lieux dans Sylvie	
Charlepont	*Lieux nommés dans le texte et correspondant à la réalité*
<u>Montagny</u>	*Noms de lieux utilisés par Gérard de Nerval de façon fictive*

Toujours ces deux files d'arbres monotones qui grimacent des formes vagues ; au-delà, des carrés de verdure et de terres remuées, bornés à gauche par les collines bleuâtres de Montmorency, d'Écouen, de Luzarches. Voici Gonesse, le bourg vulgaire plein des souvenirs de la Ligue[1] et de la Fronde[2]...

Plus loin que Louvres est un chemin bordé de pommiers dont j'ai vu bien des fois les fleurs éclater dans la nuit comme des étoiles[3] de la terre : c'était le plus court pour gagner les hameaux. — Pendant que la voiture monte les côtes, recomposons les souvenirs du temps où j'y venais si souvent.

IV

UN VOYAGE À CYTHÈRE[4]

Quelques années s'étaient écoulées[5] ; l'époque où j'avais rencontré Adrienne devant le château n'était plus déjà qu'un souvenir d'enfance. Je me retrouvai à Loisy au moment de la fête patronale. J'allai de nouveau me joindre aux chevaliers de l'arc[6], prenant place dans la compagnie dont j'avais fait partie déjà. Des jeunes gens appartenant aux vieilles familles qui possèdent encore là

---

1. Durant les guerres de religion, le mouvement des catholiques conduits contre le pouvoir royal par le duc de Guise, démarre en effet en Picardie. Mais Gonesse au xixᵉ siècle fournissait surtout Paris en pain... **2.** Voir p. 27, note 3. **3.** Rappel d'Adrienne « fleur de la nuit » à la fin du chapitre précédent. Cf. Apollinaire : « Et sous l'arbre fleuri d'étoiles/ Un clown est l'unique passant... » (*Vitam impendere mori.*) **4.** Du nom de l'île située au sud-ouest du Péloponnèse consacrée, dans l'Antiquité, à la déesse de l'amour. La référence au tableau de Watteau *L'Embarquement pour Cythère* (1717) se combine au rappel de la visite que fit Nerval à cette île, relatée dans *Voyage en Orient* (voir plus loin, p. 57, note 3). **5.** Autre variation dans le temps choisi pour être le point de référence du narrateur. **6.** Cette fête, que Nerval évoque à plusieurs reprises, paraît, de ce fait, correspondre à des souvenirs précis de son enfance.

plusieurs de ces châteaux perdus dans les forêts, qui ont
plus souffert du temps que des révolutions, avaient orga-
nisé la fête. De Chantilly, de Compiègne et de Senlis
accouraient de joyeuses cavalcades qui prenaient place
dans le cortège rustique des compagnies de l'arc. Après
la longue promenade à travers les villages et les bourgs,
après la messe à l'église, les luttes d'adresse et la distribu-
tion des prix, les vainqueurs avaient été conviés à un
repas qui se donnait dans une île ombragée de peupliers
et de tilleuls, au milieu de l'un des étangs alimentés par
la Nonette et la Thève[1]. Des barques pavoisées nous
conduisirent à l'île[2], — dont le choix avait été déterminé
par l'existence d'un temple ovale à colonnes qui devait
servir de salle pour le festin. — Là, comme à Ermenonville, le pays est semé de ces édifices légers de la fin
du XVIIIe siècle, où des millionnaires philosophes[3] se sont
inspirés dans leurs plans du goût dominant d'alors. Je
crois bien que ce temple avait dû être primitivement dédié
à Uranie[4]. Trois colonnes avaient succombé emportant

---

1. C'est l'étang de Mortefontaine qui est alimenté par la Thève
(mais non par la Nonette). On retrouve donc là une évocation indirecte
de ce village jamais nommé (voir p. 35, note 2 et Présentation,
p. 9).   **2.** Il ne peut s'agir du parc d'Ermenonville (explicitement
évoqué au chapitre IX), même si la description évoque un lieu ana-
logue. Le seul parc qui pourrait correspondre est celui de Mortefontaine, contre le mur duquel s'appuyait la petite maison du grand-oncle
de Nerval. Il comportait dans l'île Molton non une de ces « folies »
caractéristiques du XVIIIe siècle, mais une simple maisonnette.
3. Allusion directe au marquis de Girardin, qui avait conçu le parc
d'Ermenonville comme un hommage à la philosophie des Lumières,
tandis que le parc de Mortefontaine avait été construit par le financier
Le Peletier de Mortefontaine, qui suivait sans doute plutôt du
retour néoclassique à l'antique.   **4.** Il s'agit non pas de la muse de
l'astronomie, mais d'un des noms de Vénus symbolisant un idéal « céleste » (voir justement Boufflers : « de Vénus Uranus en ma verte jeu-
nesse/ avec respect j'encensai les autels... ») opposé à l'attirance
charnelle. Dans *Le Banquet*, Platon, à propos des deux formes de l'attirance amoureuse, distingue l'Aphrodite (Vénus en latin) « ouranien-
ne », autrement dit céleste, car fille du ciel et sans mère, et l'Aphrodite
« pandémienne » (vulgaire, terrestre) fille de Zeus et de Dioné, qui
« pousse à préférer le corps à l'âme » (*Le Banquet* 180 d-e, Le Livre
de Poche n° 4610, p. 57). Dans *Voyage en Orient* Nerval évoque « la
triple personnalité de la déesse de Cythère » dont une « Vénus austère,

« Le pays est semé de ces édifices légers... »
Le temple de la philosophie, élevé par le marquis
de Girardin à Ermenonville.

dans leur chute une partie de l'architrave [1] ; mais on avait
déblayé l'intérieur de la salle, suspendu des guirlandes
entre les colonnes, on avait rajeuni cette ruine moderne,
— qui appartenait au paganisme de Boufflers ou de Chaulieu plutôt qu'à celui d'Horace [2].

La traversée du lac avait été imaginée peut-être [3] pour
rappeler le *Voyage à Cythère* de Watteau [4]. Nos costumes
modernes dérangeaient seuls l'illusion. L'immense bouquet de la fête, enlevé du char qui le portait, avait été
placé sur une grande barque ; le cortège des jeunes filles
vêtues de blanc qui l'accompagnent selon l'usage avait
pris place sur les bancs, et cette gracieuse *théorie* [5] renou-
velée des jours antiques se reflétait dans les eaux calmes
de l'étang qui la séparait du bord de l'île si vermeil aux
rayons du soir avec ses halliers d'épine, sa colonnade et
ses clairs feuillages. Toutes les barques abordèrent en peu
de temps. La corbeille portée en cérémonie occupa le
centre de la table, et chacun prit place, les plus favorisés
auprès des jeunes filles : il suffisait pour cela d'être connu
de leurs parents. Ce fut la cause qui fit que je me retrouvai
près de Sylvie. Son frère m'avait déjà rejoint dans la fête,
il me fit la guerre de n'avoir pas depuis longtemps rendu
visite à sa famille. Je m'excusai sur mes études, qui me
retenaient à Paris, et l'assurai que j'étais venu dans cette
intention. « Non, c'est moi qu'il a oubliée, dit Sylvie.
Nous sommes des gens de village, et Paris est si au-
dessus ! » Je voulus l'embrasser pour lui fermer la bou-

---

idéale et mystique que les néoplatoniciens d'Alexandrie purent opposer, sans honte, à la vierge des chrétiens ».
   1. Élément architectural qui repose à l' horizontale sur les chapi-
teaux des colonnes.   **2.** Boufflers et Chaulieu : deux poètes de la fin
du XVIIIe siècle, dont Nerval semble opposer le paganisme léger, lié à
la mode, au classicisme épicurien du poète latin Horace. Boufflers est
l'auteur d'une *Aline, reine de Golconde*, un conte dans lequel le héros
reconnaît à la femme qu'il aime dans la reine qui lui affirme
qu'elle est restée « la même ».   **3.** Le mot invite à rechercher toutes
les formes de décalage entre réalité et représentation que comporte la
scène.   **4.** Nerval et ses amis avaient contribué à réhabiliter ce
peintre. Dans *Angélique* (p. 165), Nerval affirme que ce tableau correspond aux paysages du Valois. Pour le titre exact du tableau, voir note 4,
p. 39.   **5.** En grec ancien : procession.

che ; mais elle me boudait encore, et il fallut que son frère intervînt pour qu'elle m'offrît sa joue d'un air indifférent. Je n'eus aucune joie de ce baiser dont bien d'autres obtenaient la faveur, car dans ce pays patriarcal où l'on salue tout homme qui passe, un baiser n'est autre chose qu'une politesse entre bonnes gens.

Une surprise avait été arrangée par les ordonnateurs de la fête. À la fin du repas, on vit s'envoler du fond de la vaste corbeille un cygne[1] sauvage, jusque-là captif sous les fleurs, qui de ses fortes ailes, soulevant des lacis de guirlandes et de couronnes, finit par les disperser de tous côtés. Pendant qu'il s'élançait joyeux vers les dernières lueurs du soleil, nous rattrapions au hasard les couronnes, dont chacun parait aussitôt le front de sa voisine. J'eus le bonheur de saisir une des plus belles, et Sylvie souriante se laissa embrasser cette fois plus tendrement que l'autre. Je compris que j'effaçais ainsi le souvenir d'un autre temps[2]. Je l'admirai cette fois sans partage, elle était devenue si belle ! Ce n'était plus cette petite fille de village que j'avais dédaignée pour une plus grande et plus faite aux grâces du monde. Tout en elle avait gagné : le charme de ses yeux noirs, si séduisants dès son enfance, était devenu irrésistible ; sous l'orbite arquée de ses sourcils, son sourire, éclairant tout à coup des traits réguliers et placides, avait quelque chose d'athénien[3]. J'admirais cette physionomie digne de l'art antique au milieu des minois chiffonnés de ses compagnes. Ses mains délicatement allongées, ses bras qui avaient blanchi en s'arrondissant, sa taille dégagée, la faisaient tout autre que je ne l'avais vue. Je ne pus m'empêcher de lui dire combien je la trouvais différente d'elle-même, espérant couvrir ainsi mon ancienne et rapide infidélité.

Tout me favorisait d'ailleurs, l'amitié de son frère, l'impression charmante de cette fête, l'heure du soir et le

---

1. Oiseau consacré à Apollon et qui était attelé au char de Vénus.
2. Voir la couronne et le baiser donnés à Adrienne au chapitre II.
3. Le terme évoque une beauté toute classique, mais fait de Sylvie la représentante du monde antique (voir Présentation, p. 14.).

lieu même où, par une fantaisie pleine de goût, on avait reproduit une image des galantes solennités d'autrefois. Tant que nous pouvions, nous échappions à la danse pour causer de nos souvenirs d'enfance et pour admirer en rêvant à deux les reflets du ciel[1] sur les ombrages et sur les eaux. Il fallut que le frère de Sylvie nous arrachât à cette contemplation en disant qu'il était temps de retourner au village assez éloigné qu'habitaient ses parents.

---

1. La scène est bien consacrée à une Vénus céleste, mais tout dans le chapitre n'est qu'image.

V

LE VILLAGE

C'était à Loisy, dans l'ancienne maison du garde[1]. Je les conduisis jusque-là, puis je retournai à Montagny[2], où je demeurais chez mon oncle. En quittant le chemin pour traverser un petit bois qui sépare Loisy de Saint-S***, je ne tardai pas à m'engager dans une *sente* profonde qui longe la forêt d'Ermenonville ; je m'attendais ensuite à rencontrer les murs d'un couvent qu'il fallait suivre pendant un quart de lieue. La lune se cachait de temps à autre sous les nuages, éclairant à peine les roches de grès sombre et les bruyères qui se multipliaient sous mes pas. À droite et à gauche, des lisières de forêts sans routes tracées, et toujours devant moi ces roches druidiques de la contrée qui gardent le souvenir des fils d'Armen[3] exterminés par les Romains ! Du haut de ces entassements sublimes, je voyais les étangs lointains se découper comme des miroirs sur la plaine brumeuse, sans pouvoir distinguer celui même où s'était passée la fête.

L'air était tiède et embaumé ; je résolus de ne pas aller plus loin et d'attendre le matin, en me couchant sur des touffes de bruyères. — En me réveillant, je reconnus peu

---

1. Il s'agit sans doute du garde-chasse, Pour ce thème de la chasse, déjà présent dans la description de la pendule, voir p. 51, note 1. **2.** Nom d'un village qui se trouve situé à une dizaine de kilomètres à l'est de Loisy. On peut y voir un substitut de Mortefontaine (voir p. 35, note 2) en raison de la précision qui suit. De même Saint-S. peut correspondre au nom de l'ancien couvent, Saint-Sulpice-du-Désert, mais ce couvent d'hommes était désaffecté à la fin du XVIIIe siècle. (Pour la maison de l'oncle, voir la note de Michel Brix, *Les Filles du feu*, p. 242) **3.** À partir de la forme francisée du nom du chef germain Arminius (qui infligea une sévère défaite (9 ap. J.-C.) aux légions romaines avant qu'elles se vengent), Nerval, par une étymologie toute personnelle, rattachait les habitants d'Ermenonville à un « Erman ou Armen, nom celte » dont il indiquait dans une note qu'il pouvait être « Hermann, Arminius ou peut être Hermès » (*Angélique* 10e lettre). Hermès jouait un rôle central dans la philosophie alexandrine comme une figure possible du salut.

à peu les points voisins du lieu où je m'étais égaré dans la nuit. À ma gauche, je vis se dessiner la longue ligne des murs du couvent de Saint-S***, puis de l'autre côté de la vallée, la butte aux Gens-d'Armes, avec les ruines ébréchées de l'antique résidence carlovingienne [1]. Près de là, au-dessus des touffes de bois, les hautes masures de l'abbaye de Thiers [2] découpaient sur l'horizon leurs pans de muraille percés de trèfles et d'ogives. Au-delà, le manoir gothique de Pontarmé [3], entouré d'eau comme autrefois, refléta bientôt les premiers feux du jour, tandis qu'on voyait se dresser au midi le haut donjon de la Tournelle et les quatre tours de Bertrand-Fosse sur les premiers coteaux de Montmélian.

Cette nuit m'avait été douce, et je ne songeais qu'à Sylvie ; cependant l'aspect du couvent me donna un instant l'idée que c'était celui peut-être qu'habitait Adrienne. Le tintement de la cloche du matin était encore dans mon oreille et m'avait sans doute réveillé. J'eus un instant l'idée de jeter un coup d'œil par-dessus les murs en gravissant la plus haute pointe des rochers ; mais en y réfléchissant, je m'en gardai comme d'une profanation [4]. Le jour en grandissant chassa de ma pensée ce vain souvenir et n'y laissa plus que les traits rosés de Sylvie. « Allons la réveiller », me dis-je, et je repris le chemin de Loisy.

Voici le village au bout de la sente qui côtoie la forêt : vingt chaumières dont la vigne et les roses [5] grimpantes festonnent les murs. Des fileuses matinales, coiffées de mouchoirs rouges, travaillent réunies devant une ferme.

---

1. Vieilli pour « carolingienne ».   2. Si tous les noms qui suivent évoquent des lieux réels (sauf qu'il n'y a jamais eu de ruines sur la butte aux Gens d'Armes), on ne voit guère d'où l'on pourrait disposer d'une telle vue. La page rappelle celle des *Confessions* où Rousseau décrit la joie d'un réveil dans la nature.   3. Dans *Promenades et Souvenirs,* la chanson du roi Louys (voir p. 33) est donnée comme concernant « le sire de Pontarmé ».   4. Le terme souligne qu'Adrienne relève du sacré, alors que Sylvie s'inscrit dans l'univers réel dans lequel le narrateur a décidé de reprendre pied au début du chapitre III. Dans *Aurélia* (IIe partie, II), c'est dans le cimetière où repose Aurélia que le narrateur renonce à entrer par crainte de « profanation ».   5. Voir p. 35, n. 4

Sylvie n'est point avec elles. C'est presque une demoiselle depuis qu'elle exécute de fines dentelles, tandis que
ses parents sont restés de bons villageois. — Je suis
monté à sa chambre sans étonner personne ; déjà levée
depuis longtemps, elle agitait les fuseaux de sa dentelle,
qui claquaient avec un doux bruit sur le carreau[1] vert que
soutenaient ses genoux. « Vous voilà, paresseux, dit-elle
avec son sourire divin, je suis sûre que vous sortez seulement de votre lit ! » Je lui racontai ma nuit passée sans
sommeil, mes courses égarées à travers les bois et les
roches. Elle voulut bien me plaindre un instant. « Si vous
n'êtes pas fatigué, je vais vous faire courir encore. Nous
irons voir ma grand-tante à Othys. » J'avais à peine
répondu qu'elle se leva joyeusement, arrangea ses cheveux devant un miroir et se coiffa d'un chapeau de paille
rustique. L'innocence et la joie éclataient dans ses yeux.
Nous partîmes en suivant les bords de la Thève à travers
les prés semés de marguerites et de boutons d'or, puis le
long des bois de Saint-Laurent, franchissant parfois les
ruisseaux et les halliers pour abréger la route. Les merles
sifflaient dans les arbres, et les mésanges s'échappaient
joyeusement des buissons frôlés par notre marche.

Parfois nous rencontrions sous nos pas les pervenches[2]
si chères à Rousseau, ouvrant leurs corolles bleues parmi
ces longs rameaux de feuilles accouplées, lianes modestes
qui arrêtaient les pieds furtifs de ma compagne. Indifférente aux souvenirs du philosophe genevois, elle cherchait çà et là les fraises parfumées, et moi, je lui parlais de
La Nouvelle Héloïse[3], dont je récitais par cœur quelques

---

1. Terme ancien pour coussin, celui auquel sont rattachés les
fuseaux pour faire de la dentelle. Les dentellières étaient très nom-
breuses dans la région de Chantilly, fabriquant une dentelle raffinée.
2. Il ne s'agit pas seulement d'évoquer l'atmosphère simple et champêtre prônée par Rousseau : la scène évoque directement la page des
Confessions (livre VI) dans laquelle celui-ci rapporte que la joie éprouvée en revoyant ces fleurs tenaient à ce qu'un souvenir involontaire
l'avait renvoyé à une époque heureuse de sa vie.   3. Le roman de
Rousseau (sous-titre : *Lettres de deux amants*) qui connut un succès
considérable, raconte l'histoire émouvante de Julie qui renonce à
l'amour de son précepteur Saint-Preux (le titre du roman rappelle donc

passages. « Est-ce que c'est joli ? dit-elle. — C'est sublime. — Est-ce mieux qu'Auguste Lafontaine[1] ? — C'est plus tendre. — Oh ! bien, dit-elle, il faut que je lise cela. Je dirai à mon frère de me l'apporter la première fois qu'il ira à Senlis. » Et je continuais à réciter des fragments de l'*Héloïse* pendant que Sylvie cueillait des fraises.

VI

OTHYS

Au sortir du bois, nous rencontrâmes de grandes touffes de digitale pourprée ; elle en fit un énorme bouquet en me disant : « C'est pour ma tante ; elle sera si heureuse d'avoir ces belles fleurs dans sa chambre. » Nous n'avions plus qu'un bout de plaine à traverser pour gagner Othys. Le clocher du village pointait sur les coteaux bleuâtres qui vont de Montmélian à Dammartin[2]. La Thève bruissait de nouveau parmi les grès et les cailloux, s'amincissant au voisinage de sa source, où elle se repose dans les prés, formant un petit lac au milieu des glaïeuls et des iris. Bientôt nous gagnâmes les premières maisons. La tante de Sylvie habitait une petite chaumière bâtie en pierres de grès inégales que revêtaient des treillages de houblon et de vigne vierge[3] ; elle vivait seule de quelques carrés de terre que les gens du village cultivaient pour elle depuis la mort de son mari. Sa nièce arrivant, c'était le feu dans la maison. « Bonjour, la tante ! Voici vos enfants ! dit Sylvie ; nous avons bien faim ! » Elle

---

les amours d'Héloïse et d'Abélard au XIIe siècle) et choisit la sagesse de la vie simple et campagnarde auprès de son mari.
   1. Auteur allemand de romans sentimentaux très populaires, manifestement peu goûtés du narrateur.   **2.** On verra plus loin (voir p. 80, note 2) que cette précision a un sens.   **3.** C'est sur un mode plus rustique — et moins sentimental — le mélange de la rose et du pampre de la page 35.

l'embrassa tendrement, lui mit dans les bras la botte de fleurs, puis songea enfin à me présenter, en disant : « C'est mon amoureux ! »

J'embrassai à mon tour la tante, qui dit : « Il est gentil... C'est donc un blond !... — Il a de jolis cheveux fins, dit Sylvie. — Cela ne dure pas, dit la tante ; mais vous avez du temps devant vous, et toi qui es brune, cela t'assortit bien. — Il faut le faire déjeuner, la tante, dit Sylvie. » Et elle alla cherchant dans les armoires, dans la huche, trouvant du lait, du pain bis, du sucre, étalant sans trop de soin sur la table les assiettes et les plats de faïence émaillés de larges fleurs et de coqs au vif plumage. Une jatte en porcelaine de Creil[1], pleine de lait, où nageaient les fraises, devint le centre du service, et après avoir dépouillé le jardin de quelques poignées de cerises et de groseilles[2], elle disposa deux vases de fleurs aux deux bouts de la nappe. Mais la tante avait dit ces belles paroles : « Tout cela, ce n'est que du dessert. Il faut me laisser faire à présent. » Et elle avait décroché la poêle et jeté un fagot dans la haute cheminée. « Je ne veux pas que tu touches à cela ! dit-elle à Sylvie, qui voulait l'aider ; abîmer tes jolis doigts qui font de la dentelle plus belle qu'à Chantilly ! tu m'en as donné, et je m'y connais. — Ah ! oui, la tante !... Dites donc, si vous en avez, des morceaux de l'ancienne, cela me fera des modèles. — Eh bien ! va voir là-haut, dit la tante, il y en a peut-être dans ma commode. — Donnez-moi les clefs, reprit Sylvie. — Bah ! dit la tante, les tiroirs sont ouverts. — Ce n'est pas vrai, il y en a un qui est toujours fermé. » Et pendant que la bonne femme nettoyait la poêle après l'avoir passée au feu, Sylvie dénouait des pendants de sa ceinture une petite clef d'un acier ouvragé qu'elle me fit voir avec triomphe.

---

1. Bourg situé à 11 km de Senlis ; on y produisait des faïences fines au style caractéristique.　　2. Ces fruits rouges invitent à relever tous les détails qui dans cette scène renvoient à la page des *Confessions* (livre III) dans laquelle Rousseau évoque le plus délicieux de ses souvenirs amoureux : une journée à la campagne passée en dégustant des cerises avec deux jeunes filles entre lesquelles il est partagé.

Je la suivis, montant rapidement l'escalier de bois qui
conduisait à la chambre. — Ô jeunesse, ô vieillesse saintes ! — qui donc eût songé à ternir la pureté d'un premier
amour dans ce sanctuaire des souvenirs fidèles ? Le portrait d'un jeune homme du bon vieux temps souriait avec
ses yeux noirs et sa bouche rose, dans un ovale au cadre
doré, suspendu à la tête du lit rustique. Il portait l'uniforme des gardes-chasse de la maison de Condé[1] ; son
attitude à demi martiale, sa figure rose et bienveillante,
son front pur sous ses cheveux poudrés, relevaient ce pas-
tel, médiocre peut-être, des grâces de la jeunesse et de
la simplicité. Quelque artiste modeste invité aux chasses
princières s'était appliqué à le *pourtraire*[2] de son mieux,
ainsi que sa jeune épouse, qu'on voyait dans un autre
médaillon, attrayante, maligne, élancée dans son corsage
ouvert à échelle de rubans, agaçant de sa mine retroussée
un oiseau posé sur son doigt. C'était pourtant la même
bonne vieille qui cuisinait en ce moment, courbée sur le
feu de l'âtre. Cela me fit penser aux fées des Funambules[3]
qui cachent, sous leur masque ridé, un visage attrayant,
qu'elles révèlent au dénouement, lorsqu'apparaît le
temple de l'Amour et son soleil tournant qui rayonne de
feux magiques. « Ô bonne tante, m'écriai-je, que vous
étiez jolie ! — Et moi donc ? » dit Sylvie, qui était parve-
nue à ouvrir le fameux tiroir. Elle y avait trouvé une
grande robe en taffetas flambé[4], qui criait du froissement
de ses plis. « Je veux essayer si cela m'ira, dit-elle. Ah !
je vais avoir l'air d'une vieille fée !

---

1. Le nom des princes de Condé dont le château était à Chantilly
(incendié puis reconstruit au XIXe siècle) reste lié à ce divertissement
aristocratique. Voir l'interprétation qu'en donne Nerval dans « Chantilly » : « Il y a là quelque chose encore de la lutte des Condé contre la
branche aînée des Bourbons. C'est la chasse qui triomphe à défaut de
la guerre » (*Promenades et Souvenirs*, p. 407). Voir Présentation, p. 15.
2. Terme vieilli : « faire le portrait ». **3.** Théâtre parisien où se donnaient de très populaires spectacles de mimes. **4.** Vieilli pour
« flambé ».

— La fée des légendes éternellement jeune !...[1] »
dis-je en moi-même. — Et déjà Sylvie avait dégrafé sa
robe d'indienne[2] et la laissait tomber à ses pieds. La
robe étoffée de la vieille tante s'ajusta parfaitement sur
la taille mince de Sylvie, qui me dit de l'agrafer. « Oh !
les manches plates, que c'est ridicule ! » dit-elle. Et
cependant les sabots[3] garnis de dentelles découvraient
admirablement ses bras nus, la gorge s'encadrait dans
le pur corsage aux tulles jaunis, aux rubans passés, qui
n'avait serré que bien peu les charmes évanouis de la
tante. « Mais finissez-en ! Vous ne savez donc pas agrafer une robe ? » me disait Sylvie. Elle avait l'air de
l'accordée de village de Greuze[4]. « Il faudrait de la
poudre, dis-je. — Nous allons en trouver. » Elle fureta
de nouveau dans les tiroirs. Oh ! que de richesses ! que
cela sentait bon, comme cela brillait, comme cela chatoyait de vives couleurs et de modeste clinquant ! deux
éventails de nacre un peu cassés, des boîtes de pâte[5]
à sujets chinois, un collier d'ambre et mille fanfre-
luches, parmi lesquelles éclataient deux petits souliers
de droguet[6] blanc avec des boucles incrustées de dia-
mants d'Irlande[7] ! « Oh ! je veux les mettre, dit Sylvie,
si je trouve les bas brodés ! »

Un instant après, nous déroulions des bas de soie rose
tendre à coins[8] verts ; mais la voix de la tante, accompa-
gnée du frémissement de la poêle, nous rappela soudain
à la réalité. « Descendez vite ! » dit Sylvie, et quoi que je

---

1. L'univers nervalien oppose très régulièrement « la sainte »
(Adrienne au couvent) et la « fée ». (Voir par exemple dans le sonnet
« El Desdichado » le vers : « ... Les soupirs de la sainte et les cris de
la fée. ») Ici Sylvie, qui atteste la permanence des vieilles croyances
légendaires, est présentée comme triomphant du temps.   2. Coton-
nade habillant les femmes du peuple (et qui, à l'origine, venait de
l'Inde).   3. Courtes manches très évasées, garnies de dentelles à la
mode sous Louis XVI.   4. *L'Accordée de village* est le titre d'un
tableau de Greuze (1761) qui marque, au XVIIIe siècle, la montée des
thèmes sentimentaux. (« L'accordée » est la fiancée que l'on présente
à l'aïeul.)   5. Équivalent du fond de teint dans les maquillages. Les
« chinoiseries » sont, elles aussi, une mode surannée.   6. Étoffe de
qualité médiocre, dont la chaîne était en coton.   7. Cristaux qui imi-
taient le diamant.   8. La pointe et le talon des bas.

pusse dire, elle ne me permit pas de l'aider à se chausser.
Cependant la tante venait de verser dans un plat le
contenu de la poêle, une tranche de lard frite avec des
œufs. La voix de Sylvie me rappela bientôt. « Habillez-
vous vite ! » dit-elle, et entièrement vêtue elle-même, elle
me montra les habits de noces du garde-chasse réunis sur
la commode. En un instant, je me transformai en marié
de l'autre siècle. Sylvie m'attendait sur l'escalier, et nous
descendîmes tous deux en nous tenant par la main. La
tante poussa un cri en se retournant : « Ô mes enfants ! »
dit-elle, et elle se mit à pleurer, puis sourit à travers ses
larmes. — C'était l'image de sa jeunesse, — cruelle et
charmante apparition ! Nous nous assîmes auprès d'elle,
attendris et presque graves, puis la gaieté nous revint
bientôt, car, le premier moment passé, la bonne vieille ne
songea plus qu'à se rappeler les fêtes pompeuses de sa
noce. Elle retrouva même dans sa mémoire les chants
alternés, d'usage alors, qui se répondaient d'un bout à
l'autre de la table nuptiale, et le naïf épithalame[1] qui
accompagnait les mariés rentrant après la danse. Nous
répétions ces strophes si simplement rythmées, avec les
hiatus et les assonances du temps ; amoureuses et fleuries
comme le cantique de l'Ecclésiaste[2] ; — nous étions
l'époux et l'épouse pour tout un beau matin d'été[3].

---

1. Chant de noces.   **2.** Nom qui désigne l'auteur des deux livres
de Salomon, dans la Bible, mais aussi l'un de ces deux livres, (dont le
titre est « l'Ecclésiaste »), alors qu'il s'agit ici de l'autre : « Le Cantique des cantiques », un chant d'amour adressé à une beauté très brune.   **3.** On trouve dans les écrits de Nerval plusieurs scènes où des
enfants jouent les mariés sous l'œil attendri d'une vieille personne.

VII

CHÂALIS

Il est 4 heures du matin ; la route plonge dans un pli de terrain ; elle remonte. La voiture va passer à Orry[1], puis à La Chapelle[2]. À gauche, il y a une route qui longe le bois d'Hallate. C'est par là qu'un soir le frère de Sylvie m'a conduit dans sa carriole à une solennité du pays. C'était, je crois, le soir de la Saint-Barthélemy[3]. À travers les bois, par des routes peu frayées, son petit cheval volait comme au sabbat. Nous rattrapâmes le pavé à Mont-Lévêque, et quelques minutes plus tard nous nous arrêtions à la maison du garde, à l'ancienne abbaye de Châalis. — Châalis[4], encore un souvenir !

Cette vieille retraite des empereurs n'offre plus à l'admiration que les ruines de son cloître aux arcades byzantines, dont la dernière rangée se découpe encore sur les étangs, — reste oublié des fondations pieuses comprises parmi ces domaines qu'on appelait autrefois les métairies de Charlemagne. La religion, dans ce pays isolé du mouvement des routes et des villes, a conservé des traces particulières du long séjour qu'y ont fait les cardinaux de la maison d'Este[5] à l'époque des Médicis : ses attributs et

---

1. Aujourd'hui, Orry-la-Ville.　　2. Aujourd'hui, La Chapelle-en-Serval. Si cette partie du trajet a un référent géographique précis, le nom d'Hallate évoque la forêt d'Halatte, qui, elle, se trouve au nord de la route qui va de Senlis à Creil.　　3. Voir p. 36, note 3, et plus bas.　　4. Pour Nerval ce nom évoque à la fois Charlemagne (par comparaison avec l'évolution de la prononciation de Charlespont en Châllespont ; voir p. 73) et la famille des Médicis, qui prétendait remonter à un compagnon de cet empereur. Cette famille est liée aux Valois (depuis la reine Catherine de Médicis), puis aux Bourbons avec Marie de Médicis, épouse d'Henri IV. L'abbaye, dont l'origine remonte au XIIᵉ siècle et qui fut restaurée à la Renaissance, comme chacun des lieux de cette idylle, évoque des strates d'histoires très anciennes qui se superposent sans s'effacer.　　5. Famille princière qui s'illustra en Europe durant plusieurs siècles et dont la branche italienne, alliée aux Médicis, joua un rôle brillant à la Renaissance (voir la Villa d'Este et ses célèbres jardins, créés par un cardinal d'Este). À la fin d'*Angélique* (qui se présente comme un récit historique), Nerval fait une mise au

L'abbaye de Châalis (Oise).

ses usages ont encore quelque chose de galant et de poétique, et l'on respire un parfum de la Renaissance sous les arcs des chapelles à fines nervures, décorées par les artistes de l'Italie. Les figures des saints et des anges se profilent en rose sur les voûtes peintes d'un bleu tendre, avec des airs d'allégorie païenne[1] qui font songer aux sentimentalités de Pétrarque[2] et au mysticisme fabuleux de Francesco Colonna[3].

Nous étions des intrus, le frère de Sylvie et moi, dans la fête particulière qui avait lieu cette nuit-là. Une personne de très illustre naissance, qui possédait alors ce domaine[4], avait eu l'idée d'inviter quelques familles du pays à une sorte de représentation allégorique où devaient figurer quelques pensionnaires d'un couvent voisin. Ce n'était pas une réminiscence des tragédies de Saint-Cyr[5], cela remontait aux premiers essais lyriques importés en France du temps des Valois. Ce que je vis jouer était

point sur les blasons des cardinaux des maisons d'Este (et aussi de Guise) qui ont été les abbés de Châalis.
1. Le « style Médicis », les décors inspirés de l'Antiquité semblent à Nerval une des façons dont les princes de la Renaissance honoraient le paganisme (voir Présentation, p. 16). **2.** Poète florentin du XIVe siècle, réfugié en France ; il écrivit pour Laure de Noves des sonnets raffinés qui inspirèrent la renaissance poétique française. **3.** Nom d'un moine, allié aux Médicis, auquel on a longtemps attribué un texte curieux, *Le Songe de Poliphile* (publié en 1499), auquel Nerval revient souvent (son ami Nodier en avait tiré une nouvelle, *Francescus Colonna* [1842]). Le songe, partagé par le narrateur et Polia, une religieuse qu'il aime, les entraîne, de façon mystique, à Cythère, jusqu'au temple de Vénus-Aphrodite, en conciliant vertu chrétienne et sagesse antique. Ce texte est longuement évoqué par Nerval dans les chapitres du *Voyage en Orient* consacrés à son propre pèlerinage à Cythère : il y expose la distinction des trois Vénus correspondant à des formes d'amour qui vont du plus charnel au plus idéal, aussi bien incarné par la déesse-mère Isis que par la Vierge chrétienne (voir p. 28, note 1 et p. 40, note 4). En dédiant dans un manuscrit un sonnet « À J-Y Colonna », soit très probablement à Jenny Colon, Nerval offre un bon exemple de la façon dont les œuvres lui servaient à éprouver sa propre vie. **4.** En réalité, au début du XIXe siècle, le domaine était à l'abandon. **5.** Établissement fondé par Madame de Maintenon pour l'éducation des jeunes filles de bonne naissance : pour elles Racine écrivit deux tragédies, *Esther* et *Athalie*, à sujet religieux, comportant des chœurs et même, pour *Athalie*, des parties de rôles chantées. Le terme « mystères » évoque plutôt des drames médiévaux à sujet religieux.

comme un mystère des anciens temps. Les costumes,
composés de longues robes, n'étaient variés que par les
couleurs de l'azur, de l'hyacinthe[1] ou de l'aurore. La
scène se passait entre les anges, sur les débris du monde
détruit. Chaque voix chantait une des splendeurs de ce
globe éteint, et l'ange de la mort définissait les causes de
sa destruction. Un esprit montait de l'abîme, tenant en
main l'épée flamboyante, et convoquait les autres à venir
admirer la gloire du Christ vainqueur des Enfers. Cet
esprit, c'était Adrienne transfigurée par son costume,
comme elle l'était déjà par sa vocation[2]. Le nimbe de
carton doré qui ceignait sa tête angélique nous paraissait
bien naturellement un cercle de lumière ; sa voix avait
gagné en force et en étendue, et les fioritures infinies du
chant italien brodaient de leurs gazouillements d'oiseau
les phrases sévères d'un récitatif pompeux.

En me retraçant ces détails, j'en suis à me demander
s'ils sont réels, ou bien si je les ai rêvés. Le frère de
Sylvie était un peu gris ce soir-là. Nous nous étions
arrêtés quelques instants dans la maison du garde, — où,
ce qui m'a frappé beaucoup, il y avait un cygne éployé
sur la porte, puis au-dedans de hautes armoires en noyer
sculpté, une grande horloge dans sa gaine, et des trophées
d'arcs et de flèches d'honneur au-dessus d'une carte de
tir rouge et verte. Un nain bizarre[3], coiffé d'un bonnet

---

1. D'un bleu-violet, couleur liée aux représentations mystiques (voir
Baudelaire « La mort des amants » : « Un soir fait de rose et de bleu
mystique... »). Ces deux couleurs sont déjà apparues p. 28, caractérisant
les « fantômes métaphysiques » et p. 57.   2. On trouve une scène
tout à fait comparable dans *Angélique* (p. 168). L'allégorie, une sorte
d'oratorio daté de la Renaissance, évoque à différents niveaux, comme
l'ensemble de la page, un monde ancien caché sous celui qui l'a sup-
planté qui est destiné à son tour à périr (voir Présentation, p. 15) : les
Valois (et leurs essais lyriques), ont été remplacés par les Bourbons (et
le théâtre classique) ; l'esprit des Lumières et la Révolution ont ren-
versé la monarchie, comme la chrétienté avait contraint les dieux
antiques à se cacher. Le soleil lui-même s'éteindra, angoisse perma-
nente de Nerval, exprimée, entre autres, dans *Aurélia*. Adrienne, transfigurée, va disparaître, elle aussi.   3. Présence étrange du cygne sans
doute mort et cloué à la porte, nain bizarre dont la coiffure parodie la
couronne d'Adrienne, hésitation entre rêve et réalité : un climat fantas-

chinois, tenant d'une main une bouteille et de l'autre une bague, semblait inviter les tireurs à viser juste. Ce nain, je le crois bien, était en tôle découpée. Mais l'apparition d'Adrienne est-elle aussi vraie que ces détails et que l'existence incontestable de l'abbaye de Châalis ? Pourtant c'est bien le fils du garde qui nous avait introduits dans la salle où avait lieu la représentation ; nous étions près de la porte, derrière une nombreuse compagnie assise et gravement émue. C'était le jour de la Saint-Barthélemy[1], — singulièrement lié au souvenir des Médicis, dont les armes accolées à celles de la maison d'Este décoraient ces vieilles murailles... Ce souvenir est une obsession peut-être ! — Heureusement voici la voiture qui s'arrête sur la route du Plessis ; j'échappe au monde des rêveries[2], et je n'ai plus qu'un quart d'heure de marche pour gagner Loisy par des routes bien peu frayées.

VIII

LE BAL DE LOISY

Je suis entré au bal de Loisy à cette heure mélancolique et douce encore où les lumières pâlissent et tremblent aux approches du jour[3]. Les tilleuls, assombris par en bas, prenaient à leurs cimes une teinte bleuâtre. La flûte champêtre ne luttait plus si vivement avec les trilles du rossignol. Tout le monde était pâle, et dans les groupes dégarnis j'eus peine à rencontrer des figures connues. Enfin j'aperçus la grande Lise, une amie de Sylvie. Elle

tique mêle croyances et atmosphères légendaires, même si la précision du décor est présentée comme un indice de réalité.
1. Voir p. 36, n. 3.   **2.** Ce terme jette un doute sur les évocations permises par le voyage : les deux images d'Adrienne, et les deux présentations de Sylvie (dont la seconde va être vécue au chapitre VIII, dans une sorte de vertige de remémoration). Ce retour au réel rappelle le début du chapitre III.   **3.** L'entrée, à cette heure du jour, inverse le mouvement d'entrée dans le songe, au début du chapitre II.

m'embrassa. « Il y a longtemps qu'on ne t'a vu, Parisien ! dit-elle. — Oh ! oui, longtemps. — Et tu arrives à cette heure-ci ? — Par la poste. — Et pas trop vite ! — Je voulais voir Sylvie ; est-elle encore au bal ? — Elle ne sort qu'au matin ; elle aime tant à danser. »

En un instant, j'étais à ses côtés. Sa figure était fatiguée ; cependant son œil noir brillait toujours du sourire athénien[1] d'autrefois. Un jeune homme se tenait près d'elle. Elle lui fit signe qu'elle renonçait à la contredanse suivante. Il se retira en saluant.

Le jour commençait à se faire. Nous sortîmes du bal, nous tenant par la main. Les fleurs de la chevelure de Sylvie se penchaient dans ses cheveux dénoués ; le bouquet de son corsage s'effeuillait aussi sur les dentelles fripées[2], savant ouvrage de sa main. Je lui offris de l'accompagner chez elle. Il faisait grand jour, mais le temps était sombre. La Thève bruissait à notre gauche, laissant à ses coudes des remous d'eau stagnante où s'épanouissaient les nénuphars jaunes et blancs, où éclatait comme des pâquerettes la frêle broderie des étoiles d'eau[3]. Les plaines étaient couvertes de javelles et de meules de foin, dont l'odeur me portait à la tête sans m'enivrer, comme faisait autrefois la fraîche senteur des bois et des halliers d'épines fleuries.

Nous n'eûmes pas l'idée de les traverser de nouveau. « Sylvie, lui dis-je, vous ne m'aimez plus ! » Elle soupira. « Mon ami, me dit-elle, il faut se faire une raison ; les choses ne vont pas comme nous voulons dans la vie. Vous m'avez parlé autrefois de *La Nouvelle Héloïse*[4], je l'ai lue, et j'ai frémi en tombant d'abord sur cette phrase : "Toute jeune fille qui lira ce livre est perdue"[5]. Cepen-

---

1. Voir p. 44, note 3.   **2.** La tenue de fête se dégrade au fil des phrases et le même mouvement marque la description qui suit : la beauté comme le bonheur ne sont décrits que lorsqu'ils sont passés. **3.** Retour du motif des étoiles scintillant sur un fond sombre (voir p. 45, 66) en une image qui associe l'eau et le feu.   **4.** Voir p. 48, note 3.   **5.** La citation exacte serait : « Jamais fille chaste n'a lu de romans... Celle qui, malgré ce titre, en osera lire une seule page est une fille perdue. » (Préface de *La Nouvelle Héloïse*.) Le narrateur se voit opposer les éléments qui avaient fait sa supériorité à la fin du

dant j'ai passé outre, me fiant sur ma raison. Vous souvenez-vous du jour où nous avons revêtu les habits de noces de la tante ?... Les gravures du livre présentaient aussi les amoureux sous de vieux costumes du temps passé, de sorte que pour moi vous étiez Saint-Preux, et je me retrouvais dans Julie[1]. Ah ! que n'êtes-vous revenu alors ! Mais vous étiez, disait-on, en Italie. Vous en avez vu là de bien plus jolies que moi ! — Aucune, Sylvie, qui ait votre regard et les traits purs de votre visage. Vous êtes une nymphe[2] antique qui vous ignorez. D'ailleurs les bois de cette contrée sont aussi beaux que ceux de la campagne romaine. Il y a là-bas des masses de granit non moins sublimes, et une cascade qui tombe du haut des rochers comme celle de Terni[3]. Je n'ai rien vu là-bas que je puisse regretter ici. — Et à Paris ? dit-elle. — À Paris... »

Je secouai la tête sans répondre.

Tout à coup je pensai à l'image vaine qui m'avait égaré si longtemps.

« Sylvie, dis-je, arrêtons-nous ici, le voulez-vous ? »

Je me jetai à ses pieds ; je confessai en pleurant à chaudes larmes mes irrésolutions, mes caprices ; j'évoquai le spectre funeste[4] qui traversait ma vie.

« Sauvez-moi ! ajoutai-je, je reviens à vous pour toujours. »

Elle tourna vers moi ses regards attendris...

---

chapitre V. Et d'ailleurs Rousseau condamnait les livres (voir chapitre XI). **1.** Comme le narrateur, Saint-Preux a vécu à Paris et voyagé. Il revient vivre entre deux femmes charmantes : la blonde Julie et sa cousine, la brune Claire qui représente la seule affection possible dans la sagesse d'une vie patriarcale. **2.** C'est ce que suggère le prénom Sylvie, lié à la forêt (voir Présentation, p. 14) peuplée de nymphes dans l'imaginaire du monde antique. **3.** Ville de l'Ombrie dont la cascade est plus impressionnante que celles du Valois. Nerval la décrit au début d'*Octavie*, nouvelle marquée par son séjour italien : elle est alors associée au choix à faire entre une sirène et « un amour contrarié » parisien. **4.** Les commentateurs interprètent généralement cette représentation fantomatique des femmes aimées (voir début du chapitre III), récurrente dans l'œuvre de Nerval, comme une figure de la mère dont la perte a rendu toute relation amoureuse impossible.

En ce moment, notre entretien fut interrompu par de violents éclats de rire. C'était le frère de Sylvie qui nous rejoignait avec cette bonne gaieté rustique, suite obligée d'une nuit de fête, que des rafraîchissements nombreux avaient développée outre mesure. Il appelait le galant du bal, perdu au loin dans les buissons d'épines et qui ne tarda pas à nous rejoindre. Ce garçon n'était guère plus solide sur ses pieds que son compagnon, il paraissait plus embarrassé encore de la présence d'un Parisien que de celle de Sylvie. Sa figure candide, sa déférence mêlée d'embarras, m'empêchaient de lui en vouloir d'avoir été le danseur pour lequel on était resté si tard à la fête. Je le jugeais peu dangereux.

« Il faut rentrer à la maison, dit Sylvie à son frère. À tantôt ! » me dit-elle en me tendant la joue.

L'amoureux ne s'offensa pas.

IX

ERMENONVILLE

Je n'avais nulle envie de dormir. J'allai à Montagny[1] pour revoir la maison de mon oncle. Une grande tristesse me gagna dès que j'en entrevis la façade jaune et les contrevents verts[2]. Tout semblait dans le même état qu'autrefois ; seulement il fallut aller chez le fermier pour avoir la clef de la porte. Une fois les volets ouverts, je revis avec attendrissement les vieux meubles conservés dans le même état et qu'on frottait de temps en temps, la

---

1. Le nom de ce village rend impossible la cohérence topographique des déplacements du narrateur, sauf si l'on admet qu'il s'agit du nom occulté « Mortefontaine ». Voir p. 40, note 3 et Présentation, p. 14.
2. Souvenir précis de la maison de Mortefontaine (voir p. 40, note 3). La même maison « d'un oncle maternel » est décrite dans *Aurélia,* mais c'est l'oncle qui est un peintre flamand : exemple de l'usage très libre que peut faire Nerval des détails de sa biographie, elle-même, d'ailleurs, autant imaginée que vécue.

haute armoire de noyer, deux tableaux flamands qu'on disait l'ouvrage d'un ancien peintre, notre aïeul[1] ; de grandes estampes d'après Boucher[2], et toute une série encadrée de gravures de l'*Émile* et de *La Nouvelle Héloïse*, par Moreau[3] ; sur la table, un chien empaillé que j'avais connu vivant, ancien compagnon de mes courses dans les bois, le dernier carlin peut-être, car il appartenait à cette race perdue[4].

« Quant au perroquet[5], me dit le fermier, il vit toujours ; je l'ai retiré chez moi. »

Le jardin présentait un magnifique tableau de végétation sauvage. J'y reconnus, dans un angle, un jardin d'enfant que j'avais tracé jadis. J'entrai tout frémissant dans le cabinet, où se voyait encore la petite bibliothèque pleine de livres choisis, vieux amis de celui qui n'était plus, et sur le bureau quelques débris antiques trouvés dans son jardin, des vases, des médailles romaines, collection locale qui le rendait heureux[6].

« Allons voir le perroquet, dis-je au fermier. » — Le perroquet demandait à déjeuner comme en ses plus beaux jours, et me regarda de cet œil rond, bordé d'une peau chargée de rides, qui fait penser au regard expérimenté des vieillards.

Plein des idées tristes qu'amenait ce retour tardif en

---

1. Il s'agit peut-être là d'une tradition familiale à propos d'un ancêtre flamand.   2. Les estampes tirées des tableaux d'Antoine Boucher, peintre caractéristique du XVIIIe siècle libertin et sensuel (ce qui peut rappeler l'oncle du chapitre I), étaient très populaires. 3. Dit Moreau le Jeune (1741-1814), dont les gravures illustrèrent au contraire la littérature sentimentale.   4. Ces chiens, dont la race subsiste (mais l'affirmation rejoint le thème des mondes disparus), figurent dans les tableaux de Velasquez au pied des rois d'Espagne, anciens souverains des Flandres.   5. Dans *Aurélia* (p. 422), les éléments d'un décor comparable sont repris dans une atmosphère onirique : dans la maison de l'oncle aux contrevents verts, entre les tableaux d'un ancêtre flamand, tout à coup, sur une horloge, « un oiseau qui se mit à parler comme une personne » est un mauvais présage.   6. Dans *Aurélia* (II, 4), Nerval rattache plus nettement aux goûts de son oncle son propre intérêt pour les divinités antiques et même certaines de ses conceptions (voir dans les Repères biographiques, p. 19 les valeurs données à son pseudonyme).

des lieux si aimés, je sentis le besoin de revoir Sylvie,
seule figure vivante et jeune encore qui me rattachât à ce
pays. Je repris la route de Loisy[1]. C'était au milieu du
jour ; tout le monde dormait fatigué de la fête. Il me vint
l'idée de me distraire par une promenade à Ermenonville,
distant d'une lieue par le chemin de la forêt. C'était par
un beau temps d'été. Je pris plaisir d'abord à la fraîcheur
de cette route qui semble l'allée d'un parc. Les grands
chênes d'un vert uniforme n'étaient variés que par les
troncs blancs des bouleaux au feuillage frissonnant. Les
oiseaux se taisaient, et j'entendais seulement le bruit que
fait le pivert en frappant les arbres pour y creuser son nid.
Un instant, je risquai de me perdre[2], car les poteaux dont
les palettes annoncent diverses routes n'offrent plus, par
endroits, que des caractères effacés. Enfin, laissant le
Désert[3] à gauche, j'arrivai au rond-point de la danse, où
subsiste encore le banc des vieillards. Tous les souvenirs
de l'antiquité philosophique, ressuscités par l'ancien pos-
sesseur du domaine[4], me revenaient en foule devant cette
réalisation pittoresque de l'*Anacharsis*[5] et de l'*Émile*.

  Lorsque je vis briller les eaux du lac à travers les
branches des saules et des coudriers, je reconnus tout à

---

1. Reprise exacte du mouvement qui clôt le chapitre V : le désir de
revoir Sylvie ramène à Loisy.   **2.** Mais justement, à la différence de
ce qui s'est passé au chapitre V, le narrateur ne se perd pas et amorce
le périple qui marque à la fois sa déception et le retour à la réalité.
3. Lieu ainsi nommé parce que très sablonneux. Tout dans cette page
correspond à des lieux précis, encore visibles aujourd'hui. Plus important
est qu'il s'agit de monuments consacrés au rationalisme, alors que l'errance dans la forêt, au chapitre V, avait entraîné le héros dans des mondes
gothiques ou des lieux rêvés.   **4.** Il s'agit du marquis de Girardin, qui
accueillit Rousseau à Ermenonville du 20 mai 1778 jusqu'à sa mort le
2 juillet. Nerval lui rend hommage dans *Angélique* (p. 213), affirmant, à
propos de ses constructions à l'antique : « toute cette mythologie avait un
sens philosophique et profond ».   **5.** *Le Voyage du jeune Anacharsis
en Grèce au IVe siècle* de l'abbé Barthélémy (1787), une célèbre fiction
éducative : un jeune Scythe, (au XVIIIe siècle, cette nation représente le
« bon sauvage ») descendant d'un sage légendaire, au terme d'une visite
de la Grèce et de ses différentes écoles philosophiques, refuse la civilisa-
tion pour mener une vie simple et vertueuse, ce qui rejoint le point de vue
de Rousseau, dont le roman *L'Émile ou de l'Éducation* (1762) tire les
conséquences sur l'éducation des enfants.

fait un lieu où mon oncle, dans ses promenades, m'avait
conduit bien des fois : c'est le *Temple de la Philosophie*,
que son fondateur n'a pas eu le bonheur de terminer[1]. Il
a la forme du temple de la sibylle Tiburtine[2], et, debout
encore, sous l'abri d'un bouquet de pins, il étale tous ces
grands noms de la pensée qui commencent par Montaigne
et Descartes, et qui s'arrêtent à Rousseau. Cet édifice ina-
chevé n'est déjà plus qu'une ruine ; le lierre le festonne
avec grâce, la ronce envahit les marches disjointes. Là,
tout enfant, j'ai vu des fêtes où les jeunes filles vêtues de
blanc venaient recevoir des prix d'étude et de sagesse.
Où sont les buissons de roses qui entouraient la colline ?
L'églantier et le framboisier en cachent les derniers
plants, qui retournent à l'état sauvage. — Quant aux lauriers, les a-t-on coupés, comme le dit la chanson des
jeunes filles qui ne veulent plus aller au bois[3] ? Non, ces
arbustes de la douce Italie ont péri sous notre ciel brumeux. Heureusement le troène de Virgile fleurit encore,
comme pour appuyer la parole du maître inscrite au-
dessus de la porte : *Rerum cognoscere causas*[4] ! — Oui,

---

1. Construit en hommage à la philosophie des Lumières qui a pris
le relais de la sagesse antique, ce temple, dédié à Montaigne (les débuts
de la pensée rationaliste), ne comportait en effet que six colonnes,
laissant de la place pour les philosophes à venir, avec une inscription
latine : « *Quis hoc perficiet ?* » : « Qui l'achèvera ? » (voir illustration
p. 41).   2. Une des Sybilles — des prophétesses inspirées par Apollon — officiait à Tibur, ancien nom de Tivoli. C'est aussi là que l'empereur romain Hadrien avait reconstitué les lieux d'une vie spirituelle
marquée par diverses religions initiatiques et c'est sans doute ce syncrétisme qui intéresse Nerval. Voir *Isis* : « Le christianisme primitif a
invoqué la parole des Sibylles et n'a point repoussé le témoignage des
derniers oracles de Delphes... »   3. Référence à la célèbre chanson
enfantine : « Nous n'irons plus au bois, les lauriers sont coupés, La
belle que voilà ira les ramasser... » Pour les valeurs symboliques du
laurier, voir p. 33, note 3. Ici, l'arbre représente le retour, dans l'Italie
des Médicis (une véritable école néoplatonicienne, selon Nerval), de la
mystique issue de l'Antiquité en face de « la soif de connaître », plus
rationnelle, représentée par la chaîne des philosophes, dont Rousseau,
bien qu'il le conteste, reste le dernier maillon.   4. Virgile, *Géor-
giques*, II, 490 : « (Heureux qui peut) connaître les raisons des choses. » Voir le début de l'épitaphe que Nerval s'était composée : « Il
voulait tout savoir, mais il n'a rien connu... » Les troènes sont présents
dans Virgile (*Bucoliques* II,18) mais ... fanés.

ce temple tombe comme tant d'autres, les hommes oublieux ou fatigués se détourneront de ses abords, la nature indifférente reprendra le terrain que l'art lui disputait ; mais la soif de connaître restera éternelle, mobile de toute force et de toute activité !

Voici les peupliers de l'île, et la tombe de Rousseau, vide de ses cendres. Ô sage ! tu nous avais donné le lait des forts, et nous étions trop faibles pour qu'il pût nous profiter. Nous avons oublié tes leçons que savaient nos pères, et nous avons perdu le sens de ta parole, dernier écho des sagesses antiques. Pourtant ne désespérons pas, et comme tu fis à ton suprême instant, tournons nos yeux vers le soleil [1] !

J'ai revu le château, les eaux paisibles qui le bordent, la cascade qui gémit dans les roches, et cette chaussée réunissant les deux parties du village, dont quatre colombiers marquent les angles, la pelouse qui s'étend au-delà comme une savane, dominée par des coteaux ombreux ; la tour de Gabrielle [2] se reflète de loin sur les eaux d'un lac factice étoilé de fleurs éphémères [3] ; l'écume bouillonne, l'insecte bruit... Il faut échapper à l'air perfide [4] qui s'exhale en gagnant les grès poudreux du désert et les landes où la bruyère rose relève le vert des fougères. Que

---

1. Les cendres de Rousseau, enterré à Ermenonville, dans l'île des Peupliers, furent transférées au Panthéon en 1794. Les lignes suivantes rappellent la tradition selon laquelle, mourant, il aurait fait ouvrir la fenêtre pour voir encore la nature.   2. La tour dite de Gabrielle (séjour de Gabrielle d'Estrées, la maîtresse d'Henri IV) avait déjà été détruite. Nerval a rapporté (*Angélique* p. 214) une étrange confusion dans les temps qui donne son intérêt à cet ajout : « Henri IV, Gabrielle et Rousseau sont les grands souvenirs du pays. On a confondu déjà — à deux cents ans d'intervalle — les deux souvenirs, et Rousseau devient peu à peu le contemporain d'Henri IV. Le sentiment qui a dicté cette pensée est peut-être plus vrai qu'on croit. Rousseau, qui a refusé cent louis de Madame de Pompadour, a ruiné profondément l'édifice royal fondé par Henri. Tout a croulé. — Son image immortelle demeure sur les ruines. »   3. Il est intéressant que la troisième occurrence de ces fleurs-étoiles (voir p. 45 et 60) les situe sur un lac « factice » aux émanations « perfides », soit dans un climat de dégradation. 4. L'air empesté des marais rappelle celui du lac Averne qui défend l'entrée des Enfers où le héros de Virgile, Énée, descend néanmoins armé du rameau d'or (le troène ?), que lui a donné une autre Sibylle, celle de Cumes.

« Voici les peupliers de l'île, et la tombe de Rousseau,
vide de ses cendres. »
L'île des peupliers dans le parc d'Ermenonville.

tout cela est solitaire et triste ! Le regard enchanté de
Sylvie, ses courses folles, ses cris joyeux, donnaient
autrefois tant de charme aux lieux que je viens de parcourir ! C'était encore une enfant sauvage, ses pieds étaient
nus, sa peau hâlée, malgré son chapeau de paille, dont le
large ruban flottait pêle-mêle avec ses tresses de cheveux
noirs. Nous allions boire du lait à la ferme suisse[1], et
l'on me disait : « Qu'elle est jolie, ton amoureuse, petit
Parisien ! » Oh ! ce n'est pas alors qu'un paysan aurait
dansé avec elle ! Elle ne dansait qu'avec moi, une fois
par an, à la fête de l'arc.

X

LE GRAND FRISÉ

    J'ai repris le chemin de Loisy ; tout le monde était
réveillé. Sylvie avait une toilette de demoiselle, presque
dans le goût de la ville. Elle me fit monter à sa chambre
avec toute l'ingénuité d'autrefois. Son œil étincelait toujours dans un sourire plein de charme, mais l'arc pro-
noncé de ses sourcils lui donnait par instants un air
sérieux. La chambre était décorée avec simplicité, pourtant les meubles étaient modernes, une glace à bordure
dorée avait remplacé l'antique trumeau, où se voyait un
berger d'idylle offrant un nid à une bergère bleue et rose[2].
Le lit à colonnes chastement drapé de vieille perse[3] à
ramage était remplacé par une couchette de noyer garnie

---

    1. Le marquis de Girardin avait fait des fermes modèles une sorte
d'application des idées rousseauistes, à la mode à la fin du XVIIIe siècle
(voir Trianon à Versailles).   **2.** Ces couleurs, celles d'Adrienne,
reviennent à plusieurs reprises (voir p. 58, note 1), comme les couleurs
du rêve ou de l'imaginaire : c'est que le décor de la chambre (dans
laquelle le narrateur avait pénétré au chapitre V) n'est donné que lorsqu'il a disparu.   **3.** Tissu d'ameublement à dessins persans à la mode
à la fin du XVIIIe siècle.

du rideau à flèche[1] ; à la fenêtre, dans la cage où jadis
étaient les fauvettes[2], il y avait des canaris. J'étais pressé
de sortir de cette chambre où je ne trouvais rien du passé.
« Vous ne travaillerez point à votre dentelle aujour-
d'hui ?... dis-je à Sylvie. — Oh ! je ne fais plus de dentelle, on n'en demande plus dans le pays ; même à
Chantilly, la fabrique est fermée. — Que faites-vous
donc ? — Elle alla chercher dans un coin de la chambre
un instrument en fer qui ressemblait à une longue pince.
— Qu'est-ce que c'est que cela ? — C'est ce qu'on
appelle la mécanique ; c'est pour maintenir la peau des
gants afin de les coudre. — Ah ! vous êtes gantière, Sylvie ? — Oui, nous travaillons ici pour Dammartin, cela
donne[3] beaucoup dans ce moment ; mais je ne fais rien
aujourd'hui ; allons où vous voudrez. » Je tournais les
yeux vers la route d'Othys : elle secoua la tête ; je
compris que la vieille tante n'existait plus. Sylvie appela
un petit garçon et lui fit seller un âne. « Je suis encore
fatiguée d'hier, dit-elle, mais la promenade me fera du
bien ; allons à Châalis. » Et nous voilà traversant la forêt,
suivis du petit garçon armé d'une branche. Bientôt Sylvie
voulut s'arrêter, et je l'embrassai en l'engageant à s'as-
seoir. La conversation entre nous ne pouvait plus être bien
intime. Il fallut lui raconter ma vie à Paris, mes voyages...
« Comment peut-on aller si loin ? dit-elle. — Je m'en
étonne en vous revoyant. — Oh ! cela se dit ! — Et
convenez que vous étiez moins jolie autrefois. — Je n'en
sais rien. — Vous souvenez-vous du temps où nous étions
enfants et vous la plus grande ? — Et vous le plus sage !
— Oh ! Sylvie ! — On nous mettait sur l'âne chacun dans
un panier. — Et nous ne nous disions pas *vous*... Te rap-
pelles-tu que tu m'apprenais à pêcher des écrevisses sous
les ponts de la Thève et de la Nonette ? — Et toi, te
souviens-tu de ton frère de lait qui t'a un jour retiré *de*

---

1. Barre horizontale qui soutient les rideaux du lit.   **2.** Voir p. 36,
note 1.   **3.** Avec cette expression moderne, on voit que même le
langage de Sylvie a changé. On trouvera dans Proust le même détail :
le narrateur fait de l'emploi d'un vocabulaire moderne par Albertine,
l'indice d'un changement plus profond.

l'ieau[1]. — Le *grand frisé* ! c'est lui qui m'avait dit qu'on pouvait la passer... *l'ieau* ! »

Je me hâtai de changer la conversation. Ce souvenir m'avait vivement rappelé l'époque où je venais dans le pays, vêtu d'un petit habit à l'anglaise qui faisait rire les paysans. Sylvie seule me trouvait bien mis ; mais je n'osais lui rappeler cette opinion d'un temps si ancien. Je ne sais pourquoi ma pensée se porta sur les habits de noces que nous avions revêtus chez la vieille tante à Othys. Je demandai ce qu'ils étaient devenus. « Ah ! la bonne tante, dit Sylvie, elle m'avait prêté sa robe pour aller danser au carnaval à Dammartin, il y a de cela deux ans. L'année d'après, elle est morte, la pauvre tante ! »

Elle soupirait et pleurait, si bien que je ne pus lui demander par quelle circonstance elle était allée à un bal masqué ; mais, grâce à ses talents d'ouvrière, je comprenais assez que Sylvie n'était plus une paysanne. Ses parents seuls étaient restés dans leur condition, et elle vivait au milieu d'eux comme une fée industrieuse[2], répandant l'abondance autour d'elle.

---

1. Dans d'autres récits de Nerval, l'eau engloutit le narrateur sous les yeux d'une belle, nymphe ou sirène (voir « El Desdichado », Célénie dans « Chantilly », Sylvie, première esquisse de notre héroïne, dans « Sylvain et Sylvie ». Dans le feuilleton *Les Faux Saulniers*, c'était Sylvie qui sauvait le narrateur. Ici, que le geste soit celui du grand Frisé accentue l'impression de déception.   **2.** À opposer à « la fée des légendes... » de la p. 52 et à rapprocher de la déesse grecque de la sagesse, Athéna « ergoné », qui préside aux travaux artisanaux (en particulier aux tissages féminins). Sylvie garde donc quelque chose d'athénien. Par ailleurs, dans *La Nouvelle Héloïse*, l'activité refléchie de Julie, qui a renoncé à l'amour, fait le bonheur des habitants de Clarens.

XI

RETOUR

La vue se découvrait au sortir du bois. Nous étions arrivés au bord des étangs de Châalis. Les galeries du cloître, la chapelle aux ogives élancées, la tour féodale et le petit château qui abrita les amours de Henri IV et de Gabrielle[1] se teignaient des rougeurs du soir sur le vert sombre de la forêt. « C'est un paysage de Walter Scott[2], n'est-ce pas ? disait Sylvie. — Et qui vous a parlé de Walter Scott ? lui dis-je. Vous avez donc bien lu depuis trois ans !... Moi, je tâche d'oublier les livres[3], et ce qui me charme, c'est de revoir avec vous cette vieille abbaye, où, tout petits enfants, nous nous cachions dans les ruines. Vous souvenez-vous, Sylvie, de la peur que vous aviez quand le gardien nous racontait l'histoire des moines rouges[4] ? — Oh ! ne m'en parlez pas. — Alors chantez-moi la chanson de la belle fille enlevée au jardin de son père, sous le rosier blanc. — On ne chante plus cela. — Seriez-vous devenue musicienne ? — Un peu. — Sylvie, Sylvie, je suis sûr que vous chantez des airs d'opéra ! — Pourquoi vous plaindre ? — Parce que j'aimais les vieux airs, et que vous ne saurez plus les chanter. »

Sylvie modula quelques sons d'un grand air d'opéra moderne... Elle *phrasait* !

Nous avions tourné les étangs voisins. Voici la verte pelouse, entourée de tilleuls et d'ormeaux, où nous avons

---

1. Voir p. 66, note 2.   **2.** Le romancier écossais a joué un rôle considérable au début du XIXᵉ siècle dans la formation du goût romantique pour les souvenirs historiques (le sonnet des *Chimères* « El Desdichado » est une allusion au personnage d'Ivanhoé).   **3.** Encore un précepte rousseauiste (voir p. 60, note 4).   **4.** Surnom populaire des moines de l'ordre des Templiers que Nerval considérait comme des précurseurs de ses propres recherches religieuses. Dans « Chantilly », l'héroïne, Célénie, racontait, entre autres légendes, celles des « moines rouges qui enlevaient les femmes et les enfants et les plongeaient dans des souterrains ». Dans « Angélique » Sylvain chante cette chanson en la rattachant aux Templiers, brûlés par « le roi et le pape ».

dansé souvent ! J'eus l'amour-propre de définir les vieux murs carlovingiens[1] et déchiffrer les armoiries de la maison d'Este[2]. « Et vous ! comme vous avez lu plus que moi ! dit Sylvie. Vous êtes donc un savant ? »

J'étais piqué de son ton de reproche. J'avais jusque-là cherché l'endroit convenable pour renouveler le moment d'expansion du matin ; mais que lui dire avec l'accompagnement d'un âne et d'un petit garçon très éveillé, qui prenait plaisir à se rapprocher toujours pour entendre parler un Parisien ? Alors j'eus le malheur de raconter l'apparition de Châalis, restée dans mes souvenirs. Je menai Sylvie dans la salle même du château où j'avais entendu chanter Adrienne. « Oh ! que je vous entende ! lui dis-je ; que votre voix chérie résonne sous ces voûtes et en chasse l'esprit qui me tourmente, fût-il divin ou bien fatal ! » Elle répéta les paroles et le chant après moi :

> *Anges, descendez promptement*
> *Au fond du purgatoire !...*

« C'est bien triste ! me dit-elle.

— C'est sublime... Je crois que c'est du Porpora[3], avec des vers traduits au XVIᵉ siècle.

— Je ne sais pas », répondit Sylvie.

Nous sommes revenus par la vallée, en suivant le chemin de Charlepont, que les paysans, peu étymologistes de leur nature, s'obstinent à appeler *Châllepont*. Sylvie, fatiguée de l'âne, s'appuyait sur mon bras. La route était déserte ; j'essayai de parler des choses que j'avais dans le cœur, mais, je ne sais pourquoi, je ne trouvais que des expressions vulgaires, ou bien tout à coup quelque phrase pompeuse de roman, — que Sylvie pouvait avoir lue. Je m'arrêtais alors avec un goût tout classique[4], et elle s'étonnait parfois de ces effusions interrompues. Arrivés aux murs de Saint-S***[5], il fallait prendre garde à notre marche. On traverse des prairies humides où serpentent

---

1. Voir p. 47, note 1.   **2.** Voir p. 54, note 5.   **3.** Nicolas Porpora, compositeur napolitain (1686-1766).   **4.** À opposer aux longues effusions romantiques.   **5.** Voir p. 46, note 2.

les ruisseaux. « Qu'est devenue la religieuse ? dis-je tout
à coup.

— Ah ! vous êtes terrible avec votre religieuse... Eh
bien !... eh bien ! cela a mal tourné. »

Sylvie ne voulut pas m'en dire un mot de plus.

Les femmes sentent-elles vraiment que telle ou telle
parole passe sur les lèvres sans sortir du cœur ? On ne le
croirait pas, à les voir si facilement abusées, à se rendre
compte des choix qu'elles font le plus souvent : il y a des
hommes qui jouent si bien la comédie de l'amour ! Je
n'ai jamais pu m'y faire, quoique sachant que certaines
acceptent sciemment d'être trompées. D'ailleurs un
amour qui remonte à l'enfance est quelque chose de
sacré... Sylvie, que j'avais vue grandir, était pour moi
comme une sœur. Je ne pouvais tenter une séduction...
Une tout autre idée vint traverser mon esprit. « À cette
heure-ci, me dis-je, je serais au théâtre... Qu'est-ce
qu'Aurélie[1] (c'était le nom de l'actrice) doit donc jouer
ce soir ? Évidemment le rôle de la princesse dans le
drame nouveau. Oh ! le troisième acte, qu'elle y est tou-
chante !... Et dans la scène d'amour du second ! avec ce
jeune premier tout ridé...

— Vous êtes dans vos réflexions ? » dit Sylvie, et elle
se mit à chanter :

> À Dammartin l'y a trois belles filles :
> L'y en a z'une plus belle que le jour[2]...

« Ah ! méchante ! m'écriai-je, vous voyez bien que
vous en savez encore des vieilles chansons.

— Si vous veniez plus souvent ici, j'en retrouverais,

---

1. Ce prénom n'avait jamais été donné. C'est celui de l'Étoile, l'actrice du *Roman tragique,* texte intégré à la préface des *Filles du feu.*
Très proche de celui d'Aurélia (attribué à cette femme aimée par certains manuscrits, il évoque pour Nerval la blondeur de l'or (*aurum* en
latin) mais aussi la métamorphose (il signifie en grec : la « nymphe »,
l'insecte en voie de transformation dans son cocon), et Laurent, le
patronyme de sa mère.   2. Début de chanson très commun qui n'a
pas été plus précisément identifié ; il peut évoquer les trois figures
féminines du récit, figurant ensemble, et pour la seule fois, dans les
lignes qui précèdent.

dit-elle, mais il faut songer au solide. Vous avez vos
affaires de Paris, j'ai mon travail ; ne rentrons pas trop
tard : il faut que demain je sois levée avec le soleil. »

XII

LE PÈRE DODU

J'allais répondre, j'allais tomber à ses pieds, j'allais
offrir la maison de mon oncle, qu'il m'était possible
encore de racheter, car nous étions plusieurs héritiers, et
cette petite propriété était restée indivise ; mais en ce
moment nous arrivions à Loisy. On nous attendait pour
souper. La soupe à l'oignon répandait au loin son parfum
patriarcal. Il y avait des voisins invités pour ce lendemain
de fête. Je reconnus tout de suite un vieux bûcheron, le
père Dodu, qui racontait jadis aux veillées des histoires
si comiques ou si terribles. Tour à tour berger, messager,
garde-chasse, pêcheur, braconnier même, le père Dodu
fabriquait à ses moments perdus des coucous[1] et des
tourne-broches. Pendant longtemps il s'était consacré à
promener les Anglais dans Ermenonville, en les condui-
sant aux lieux de méditation de Rousseau et en leur racon-
tant ses derniers moments. C'était lui qui avait été le petit
garçon que le philosophe employait à classer ses herbes,
et à qui il donna l'ordre de cueillir les ciguës dont il
exprima le suc dans sa tasse de café au lait[2]. L'aubergiste
de *La Croix d'or* lui contestait ce détail ; de là des haines
prolongées. On avait longtemps reproché au père Dodu
la possession de quelques secrets bien innocents, comme

---

1. La deuxième occurrence de cette figure comique situe ce personnage dans un temps réel et dérisoire : on est loin de l'horloge de Diane.   2. Il s'agit d'une légende populaire selon laquelle Rousseau se
serait suicidé en buvant de la ciguë, ce qui correspond à son goût
pour l'herborisation, mais évoque aussi la mort de Sourate, le sage
par excellence. Nerval avait en projet un drame correspondant à cette
légende.

de guérir les vaches avec un verset dit à rebours et le signe de croix figuré du pied gauche, mais il avait de bonne heure renoncé à ces superstitions, « grâce au souvenir, disait-il, des conversations de Jean-Jacques »[1].

« Te voilà ! petit Parisien, me dit le père Dodu. Tu viens pour débaucher nos filles ? — Moi, père Dodu ? — Tu les emmènes dans les bois pendant que le loup n'y est pas[2] ? — Père Dodu, c'est vous qui êtes le loup. — Je l'ai été tant que j'ai trouvé des brebis ; à présent je ne rencontre plus que des chèvres, et qu'elles savent bien se défendre ! Mais vous autres, vous êtes des malins à Paris. Jean-Jacques avait bien raison de dire : "L'homme se corrompt dans l'air empoisonné des villes." — Père Dodu, vous savez trop bien que l'homme se corrompt partout. »

Le père Dodu se mit à entonner un air à boire ; on voulut en vain l'arrêter à un certain couplet scabreux que tout le monde savait par cœur. Sylvie ne voulut pas chanter, malgré nos prières, disant qu'on ne chantait plus à table. J'avais remarqué déjà que l'amoureux de la veille était assis à sa gauche. Il y avait je ne sais quoi dans sa figure ronde, dans ses cheveux ébouriffés, qui ne m'était pas inconnu. Il se leva et vint derrière ma chaise en disant : « Tu ne me reconnais donc pas, Parisien ? » Une bonne femme, qui venait de rentrer au dessert après nous avoir servis, me dit à l'oreille : « Vous ne reconnaissez pas votre frère de lait ? » Sans cet avertissement, j'allais être ridicule. « Ah ! c'est toi, *grand frisé* ! dis-je, c'est toi, le même qui m'a retiré de *l'ieau* ! » Sylvie riait aux éclats de cette reconnaissance. « Sans compter, disait ce garçon en m'embrassant, que tu avais une belle montre en argent, et qu'en revenant tu étais bien plus inquiet de ta montre que de toi-même, parce qu'elle ne marchait

---

1. L'humour de ce personnage, plaisant et sage comme un faune antique, figure traditionnelle du « rebouteux » et dont le nom rappelle le « solide » évoqué par Sylvie, fait de tout ce chapitre le retour définitif aux réalités.   2. Autre rappel d'une chanson populaire enfantine : « Promenons-nous dans les bois/ Pendant que le loup n'y est pas... ». Ce ton un peu leste fait écho au cynisme de l'oncle au début du récit, ou à celui du camarade évoqué p. 29.

Les Dernières Paroles de J.-J. Rousseau.
Gravure de la fin du XVIIIᵉ siècle
d'après Moreau le Jeune.

plus ; tu disais : "la *bête* est *nayée*[1], ça ne fait plus tic-tac ; qu'est-ce que mon oncle va dire ?..."

— Une bête dans une montre ! dit le père Dodu, voilà ce qu'on leur fait croire à Paris, aux enfants ! »

Sylvie avait sommeil, je jugeai que j'étais perdu dans son esprit. Elle remonta à sa chambre, et pendant que je l'embrassais, elle dit : « À demain, venez nous voir ! »

Le père Dodu était resté à table avec Sylvain et mon frère de lait ; nous causâmes longtemps autour d'un fla-con de *ratafiat*[2] de Louvres. « Les hommes sont égaux, dit le père Dodu entre deux couplets, je bois avec un pâtissier comme je ferais avec un prince. — Où est le pâtissier ? dis-je. — Regarde à côté de toi ! un jeune homme qui a l'ambition de s'établir. »

Mon frère de lait parut embarrassé. J'avais tout compris. — C'est une fatalité qui m'était réservée d'avoir un frère de lait dans un pays illustré par Rousseau, — qui voulait supprimer les nourrices[3] ! — Le père Dodu m'ap-prit qu'il était fort question du mariage de Sylvie avec le *grand frisé*, qui voulait aller former un établissement de pâtisserie à Dammartin[4]. Je n'en demandai pas plus. La voiture de Nanteuil-le-Haudoin me ramena le lendemain[5] à Paris.

---

1. Voir au chapitre II : « je n'avais pas de montre ». Depuis combien de temps le narrateur est-il hors du temps ? Son frère de lait, son double, a vécu, lui, dans le temps des réalités.   **2.** Liqueur alcoolisée campagnarde, faite avec du marc et du jus de raisin frais.   **3.** Après la satire de l'éducation donnée aux enfants dans les villes, c'est le dernier rappel de la philosophie de Jean-Jacques : la loi naturelle exige des mères qu'elles nourrissent elles-mêmes leurs enfants.   **4.** Dam-martin (vers lequel se dirigeait déjà Sylvie, p. 44) est pour la troisième fois (p. 70 : où les gants remplacent la dentelle ; p. 71 : le carnaval qui profane la robe de la tante et cause peut-être sa mort) le lieu d'une déception, ici définitive.   **5.** La rapidité de ce retour contraste avec la lenteur de l'aller qui avait permis toutes les remémorations.

XIII [1]

AURÉLIE

À Paris ! — La voiture met cinq heures. Je n'étais pressé que d'arriver pour le soir. Vers 8 heures, j'étais assis dans ma stalle accoutumée ; Aurélie répandit son inspiration et son charme sur des vers faiblement inspirés de Schiller [2], que l'on devait à un talent de l'époque. Dans la scène du jardin, elle devint sublime. Pendant le quatrième acte, où elle ne paraissait pas, j'allai acheter un bouquet chez Mme Prévost [3]. J'y insérai une lettre fort tendre signée : *Un inconnu*. Je me dis : « Voilà quelque chose de fixé pour l'avenir », — et le lendemain j'étais sur la route d'Allemagne [4].

Qu'allais-je y faire ? Essayer de remettre de l'ordre dans mes sentiments. — Si j'écrivais un roman, jamais je ne pourrais faire accepter l'histoire d'un cœur épris de deux amours simultanés. Sylvie m'échappait par ma faute ; mais la revoir un jour avait suffi pour relever mon âme : je la plaçais désormais comme une statue souriante dans le temple de la Sagesse. Son regard m'avait arrêté au bord de l'abîme. — Je repoussais avec plus de force encore l'idée d'aller me présenter à Aurélie, pour lutter un instant avec tant d'amoureux vulgaires qui brillaient un instant près d'elle et retom-

---

1. Le retour à Paris pouvait clore le récit. Le fait que ce chapitre XIII inaugure un nouveau cycle, renvoyant tout le reste du récit au passé, rappelle les valeurs que Nerval attachait à ce chiffre : voir le début du sonnet des *Chimères* « Artémis » : « La Treizième revient... C'est encor la première... » (p. 368). Le moment du départ n'a-t-il pas été situé, p. 37 à une heure du matin : la treizième ? **2.** Pièce qui correspond à celle dans laquelle, en 1840, la célèbre Rachel jouait le rôle de Marie Stuart. **3.** Fleuriste à la mode, dans la galerie de Nemours, non loin du Théâtre-Français. **4.** Nerval partit pour un premier séjour en Belgique en 1838, départ que l'on a rapproché du mariage de Jenny Colon, que par ailleurs le nom de Colonna quelques lignes plus loin rappelle de façon détournée (voir p. 57, note 3).

baient brisés. « Nous verrons quelque jour, me dis-je, si cette femme a un cœur[1]. »

Un matin, je lus dans un journal qu'Aurélie était malade. Je lui écrivis des montagnes de Salzbourg. La lettre était si empreinte de mysticisme germanique, que je n'en devais pas attendre un grand succès, mais aussi je ne demandais pas de réponse. Je comptais un peu sur le hasard et sur — *l'inconnu.*

Des mois se passent. À travers mes courses et mes loisirs, j'avais entrepris de fixer dans une action poétique les amours du peintre Colonna[2] pour la belle Laura[3], que ses parents firent religieuse, et qu'il aima jusqu'à la mort. Quelque chose dans ce sujet se rapportait à mes préoccupations constantes. Le dernier vers du drame écrit, je ne songeai plus qu'à revenir en France.

Que dire maintenant qui ne soit l'histoire de tant d'autres ? J'ai passé par tous les cercles de ces lieux d'épreuves qu'on appelle théâtres. « J'ai mangé du tambour et bu de la cymbale », comme dit la phrase dénuée de sens apparent des initiés d'Éleusis[4]. — Elle signifie sans doute qu'il faut au besoin passer les bornes du non-sens et de l'absurdité : la raison pour moi, c'était de conquérir et de fixer mon idéal.

Aurélie avait accepté le rôle principal dans le drame que je rapportais d'Allemagne. Je n'oublierai jamais le jour où elle me permit de lui lire la pièce. Les scènes

---

1. Rappel de l'avertissement de l'oncle, au chapitre I, p. 26. **2.** Voir p. 57, note 3. Nerval avait lui-même en projet sur ce personnage (qui n'était pas peintre, mais un peintre porte aussi ce nom) un opéra-comique, qui aurait été inspiré à la fois par *Le Songe de Poliphile*, par *La Flûte enchantée* de Mozart et par une comédie allemande *Aurore ou la fille de l'enfer*. **3.** Alors que l'héroïne de Colonna s'appelle Polia, « Laura » rappelle la Laure de Pétrarque et aussi le prénom de Laurent de Médicis, dit le Magnifique, dont le texte de Colonna passe pour évoquer la passion qu'il éprouva, sa vie durant, pour Lucrezia Donati qu'il n'avait pu épouser. **4.** Ville de la Grèce antique où se célébraient des mystères initiatiques liés au culte de Déméter ; les ouvrages savants du XIXe siècle donnaient cette formule. Cette allusion confirme que les « cercles de ces lieux d'épreuve » constituent une véritable « descente aux enfers », condition d'une renaissance, celle qui est donnée comme telle dans *Aurélia.*

d'amour étaient préparées à son intention. Je crois bien que je les dis avec âme, mais surtout avec enthousiasme. Dans la conversation qui suivit, je me révélai comme l'*inconnu* des deux lettres. Elle me dit : « Vous êtes bien fou : mais revenez me voir... Je n'ai jamais pu trouver quelqu'un qui sût m'aimer. »

Ô femme ! tu cherches l'amour... Et moi, donc ?

Les jours suivants, j'écrivis les lettres les plus tendres, les plus belles que sans doute elle eût jamais reçues. J'en recevais d'elle qui étaient pleines de raison. Un instant elle fut touchée, m'appela près d'elle, et m'avoua qu'il lui était difficile de rompre un attachement plus ancien. « Si c'est bien *pour moi* que vous m'aimez, dit-elle, vous comprendrez que je ne puis être qu'à un seul. »

Deux mois plus tard, je reçus une lettre pleine d'effusion. Je courus chez elle. — Quelqu'un me donna dans l'intervalle un détail précieux. Le beau jeune homme que j'avais rencontré une nuit au cercle venait de prendre un engagement dans les spahis[1].

L'été suivant, il y avait des courses à Chantilly. La troupe du théâtre où jouait Aurélie donnait là une représentation. Une fois dans le pays, la troupe était pour trois jours aux ordres du régisseur. — Je m'étais fait l'ami de ce brave homme, ancien Dorante[2] des comédies de Marivaux, longtemps jeune premier de drame, et dont le dernier succès avait été le rôle d'amoureux dans la pièce imitée de Schiller, où mon binocle me l'avait montré si ridé. De près, il paraissait plus jeune, et, resté maigre, il produisait encore de l'effet dans les provinces. Il avait du feu[3]. J'accompagnais la troupe en qualité de *seigneur poète*[4] ; je persuadai au régisseur d'aller donner des

---

1. Régiment constitué après la conquête de l'Algérie.   2. Le personnage de l'amoureux dans diverses pièces de cet auteur du XVIIIe siècle, par exemple dans *Le Jeu de l'amour et du hasard*.   3. Allusion ironique au titre de l'ensemble : *Les Filles du feu* ?   4. L'expression renvoie à l'époque baroque, par exemple au poète Théophile de Viau (voir Présentation, p. 14), au personnage du *Roman comique* (Destin, amoureux de L'Étoile) dont Nerval s'est servi pour Brisacier, le récit qui sert de préface aux *Filles du feu*, etc.

représentations à Senlis et à Dammartin. Il penchait
d'abord pour Compiègne ; mais Aurélie fut de mon avis.
Le lendemain, pendant que l'on allait traiter avec les pro-
priétaires des salles et les autorités, je louai des chevaux,
et nous prîmes la route des étangs de Commelle pour
aller déjeuner au château de la reine Blanche [1]. Aurélie,
en amazone, avec ses cheveux blonds flottants, traversait
la forêt comme une reine d'autrefois, et les paysans s'arrêtaient éblouis. — Mme de F*** [2] était la seule qu'ils
eussent vue si imposante et si gracieuse dans ses
saluts —. Après le déjeuner, nous descendîmes dans des
villages rappelant ceux de la Suisse, où l'eau de la
Nonette fait mouvoir des scieries [3]. Ces aspects chers à
mes souvenirs l'intéressaient sans l'arrêter. J'avais projeté
de conduire Aurélie au château, près d'Orry [4], sur la
même place verte où pour la première fois j'avais vu
Adrienne. — Nulle émotion ne parut en elle. Alors je lui
racontai tout [5] ; je lui dis la source de cet amour entrevu
dans les nuits, rêvé plus tard, réalisé en elle. Elle m'écou-
tait sérieusement et me dit : « Vous ne m'aimez pas !
Vous attendez que je vous dise : "La comédienne est la
même que la religieuse" ; vous cherchez un drame, voilà
tout, et le dénouement vous échappe. Allez, je ne vous
crois plus ! »

Cette parole fut un éclair. Ces enthousiasmes bizarres
que j'avais ressentis si longtemps, ces rêves, ces pleurs,
ces désespoirs et ces tendresses, ... ce n'était donc pas
l'amour ? Mais où donc est-il ?

---

1. Édifice néogothique situé au bord des étangs, où devait se trouver
un restaurant. « La reine Blanche » est Blanche de Castille, la mère du
roi Saint-Louis. **2.** Désignation possible de la baronne de Feuchères
ou Sophie Dawes, propriétaire du château de Mortefontaine (qui a
longtemps passé pour le modèle — très lointain — du personnage
aristocratique d'Adrienne. Voir p. 34, note 1). **3.** Voir p. 66, n. 3.
C'est le monde « industrieux » qui est désormais celui de Sylvie. **4.** Orry-la-Ville a déjà été nommée au début du chapitre VII.
Sans doute ne s'agit-il pas tant de préciser la situation du château que
d'utiliser l'impression de retour sur les mêmes routes (ou peut-être
aussi de jouer sur les sonorités, du nom évoquant l'or, la couronne, et
Aurélie). **5.** Voir la confidence parallèle faite à Sylvie au chapitre VIII.

Aurélie joua le soir à Senlis. Je crus m'apercevoir qu'elle avait un faible pour le régisseur, — le jeune premier ridé[1]. Cet homme était d'un caractère excellent et lui avait rendu des services.

Aurélie m'a dit un jour : « Celui qui m'aime, le voilà ! »

XIV

DERNIER FEUILLET

Telles sont les chimères[2] qui charment et égarent au matin de la vie. J'ai essayé de les fixer sans beaucoup d'ordre, mais bien des cœurs me comprendront. Les illusions tombent l'une après l'autre, comme les écorces d'un fruit, et le fruit, c'est l'expérience. Sa saveur est amère ; elle a pourtant quelque chose d'âcre qui fortifie, — qu'on me pardonne ce style vieilli. Rousseau dit que le spectacle de la nature console de tout. Je cherche parfois à retrouver mes bosquets de Clarens[3] perdus au nord de Paris, dans les brumes. Tout cela est bien changé !

Ermenonville ! pays où fleurissait encore l'idylle

---

1. On retrouve l'impossibilité de considérer le rival comme sérieux déjà indiquée à la fin du chapitre VIII.   **2.** Le terme fait le lien avec les sonnets des *Chimères* que Nerval a intégrés aux *Filles du feu*. Par ailleurs, avec ce présent de généralité, nous sommes pour la première fois et paradoxalement dans le temps de l'écriture : celui des tristes vérités générales de l'expérience. Voir la dernière phrase d'*Aurélia* : « Je me sens heureux des convictions que j'ai acquises, et je compare cette série d'épreuves que j'ai traversées à ce qui, pour les anciens, représentait l'idée d'une descente aux enfers. »   **3.** Julie, dans *La Nouvelle Héloïse*, faisant venir Saint-Preux à Clarens où elle vit avec son mari, monsieur de Wolmar, le charge de l'éducation de leurs enfants.   **4.** Poète suisse du XVIIIᵉ siècle, auteur d'*Idylles* (écrites en allemand). Les allusions à la Suisse (voir p. 69 et 83) prennent la valeur symbolique de l'échec d'une quête idéale au profit des réalités, du « solide » comme dit Sylvie. Rappelons aussi que Rousseau était genevois et que la propriété de Clarens représente une sorte de version idéalisée de la vie patriarcale suisse.

antique, — traduite une seconde fois d'après Gessner[4] !
tu as perdu ta seule étoile, qui chatoyait pour moi d'un
double éclat. Tour à tour bleue et rose[1] comme l'astre
trompeur d'Aldébaran[2], c'était Adrienne ou Sylvie,
— c'étaient les deux moitiés d'un seul amour. L'une était
l'idéal sublime, l'autre la douce réalité[3]. Que me font
maintenant tes ombrages et tes lacs, et même ton désert ?
Othys, Montagny, Loisy, pauvres hameaux voisins, Châalis, — que l'on restaure, — vous n'avez rien gardé de
tout ce passé ! Quelquefois j'ai besoin de revoir ces lieux
de solitude et de rêverie. J'y relève tristement en moi-
même les traces fugitives d'une époque où le naturel était
affecté ; je souris parfois en lisant sur le flanc des granits
certains vers de Roucher[4], qui m'avaient paru sublimes,
— ou des maximes de bienfaisance au-dessus d'une fon-
taine ou d'une grotte consacrée à Pan[5]. Les étangs,
creusés à si grands frais, étalent en vain leur eau morte[6]
que le cygne dédaigne. Il n'est plus, le temps où les
chasses de Condé[7] passaient avec leurs amazones fières,
où les cors se répondaient de loin, multipliés par les
échos !... Pour se rendre à Ermenonville, on ne trouve

---

1. Ainsi se trouve confirmée l'association de ces deux couleurs
(figurant à plusieurs reprises dans le texte, voir pp. 58 et 69) aux deux
figures féminines.   **2.** Nerval fait de la couleur « rouge » de cette
étoile de la constellation du Taureau un ton chatoyant.   **3.** L'idéal
néoplatonicien aurait cherché à les concilier (voir p. 28, note 3).
4. Poète du XVIIIᵉ siècle auquel Nerval attribue les maximes gravées
sur les rochers d'Ermenonville.   **5.** Autrement dit la bienfaisance,
version bourgeoise de la charité chrétienne, associée de façon très
mièvre à la divinité antique qui protège les troupeaux, mais qui est
aussi le grand « tout », la nature.   **6.** Voir p. 35, note 2 et pour la
valeur symbolique du cygne, voir ses autres apparitions dans le texte,
p. 44 et 58. Le cygne, animal qui tire le char d'Aphrodite, est aussi
représenté dans l'expression « chant du cygne » pour désigner la dernière manifestation de quelque chose qui disparaît, et souvent le dernier
chant du poète. Il est arrivé à Gérard de se représenter sous cette forme.
7. Voir Présentation p. 15. Avec la chasse, ce privilège aristocratique
dont les Condé avaient selon Nerval fait une sorte d'activité de substi-
tution (voir p. 46, note 1), c'est donc encore un monde qui disparaît.
Le dernier des princes de cette famille s'était donné la mort en 1830
et la baronne de Feuchères (voir p. 34, note 1) avait été soupçonnée.

plus aujourd'hui de route directe. Quelquefois j'y vais par Creil et Senlis, d'autres fois par Dammartin.

À Dammartin, l'on n'arrive jamais que le soir. Je vais coucher alors à l'*Image Saint-Jean*. On me donne d'ordinaire une chambre assez propre tendue en vieille tapisserie avec un trumeau au-dessus de la glace. Cette chambre est un dernier retour vers le bric-à-brac[1], auquel j'ai depuis longtemps renoncé. On y dort chaudement sous l'édredon, qui est d'usage dans ce pays. Le matin, quand j'ouvre la fenêtre, encadrée de vigne et de roses, je découvre avec ravissement un horizon vert de dix lieues, où les peupliers s'alignent comme des armées. Quelques villages s'abritent çà et là sous leurs clochers aigus, construits, comme on dit là, en pointes d'ossements. On distingue d'abord Othys, — puis Ève, puis Ver ; on distinguerait Ermenonville à travers le bois, s'il avait un clocher, — mais dans ce lieu philosophique on a bien négligé l'église[2]. Après avoir rempli mes poumons de l'air si pur qu'on respire sur ces plateaux, je descends gaiement et je vais faire un tour chez le pâtissier. « Te voilà, grand frisé ! — Te voilà, petit Parisien ! » Nous nous donnons les coups de poings amicaux de l'enfance, puis je gravis un certain escalier où les joyeux cris de deux enfants accueillent ma venue. Le sourire athénien[3] de Sylvie illumine ses traits charmés. Je me dis : « Là était le bonheur peut-être ; cependant... »

Je l'appelle quelquefois Lolotte, et elle me trouve un peu de ressemblance avec Werther[4], moins les pistolets, qui ne sont plus de mode. Pendant que le *grand frisé* s'occupe du déjeuner, nous allons promener les enfants

---

1. Voir à la fois la p. 37 et la description de la déconvenue éprouvée lors de la deuxième visite de la chambre de Sylvie p. 70 : le « bric-à-brac n'a plus aucune valeur symbolique. Il reste le mélange de "vigne et de roses" ».   **2.** Le syncrétisme ou mélange des sagesses, des religions, est donc impossible.   **3.** Voir p. 44, note 3 et p. 71, note 2. Notons que c'est le seul trait qui a résisté au changement dans les portraits successifs de Sylvie. Voir Présentation, p. 15.   **4.** Héros du très célèbre roman de Goethe (*Les Souffrances du jeune Werther*), que sa passion désespérée pour Charlotte, qui est mariée, pousse au suicide.

dans les allées de tilleuls qui ceignent les débris des vieilles tours de brique du château. Tandis que ces petits s'exercent, au tir des compagnons de l'arc, à ficher dans la paille les flèches paternelles[1], nous lisons quelques poésies ou quelques pages de ces livres si courts qu'on ne fait plus guère.

J'oubliais de dire que le jour où la troupe dont faisait partie Aurélie a donné une représentation à Dammartin[2], j'ai conduit Sylvie au spectacle, et je lui ai demandé si elle ne trouvait pas que l'actrice ressemblait à une personne qu'elle avait connue déjà. « À qui donc ? — Vous souvenez-vous d'Adrienne ? »

Elle partit d'un grand éclat de rire en disant : « Quelle idée ! » Puis, comme se le reprochant, elle reprit en soupirant : « Pauvre Adrienne ! elle est morte au couvent de Saint-S***, vers 1832[3]. »

1. Ils maintiennent donc, « sans le savoir », la tradition évoquée p. 31. **2.** Voir p. 79, note 4. **3.** Ainsi est levée l'ambiguïté de la formule prononcée par Sylvie au chapitre XI (« cela a mal tourné »). Voir *Aurélia*, I, 7 « Je ne le sus que plus tard, Aurélia était morte. »

Le lac de Mortefontaine.
« Les étangs, creusés à si grands frais,
étalent en vain leur eau morte... »

Table

Crédits photographiques